草思集

Cao Si Ji

万晓勇 著

时代出版传媒股份有限公司
安徽文艺出版社

图书在版编目（CIP）数据

草思集/万晓勇著. —合肥：安徽文艺出版社，2020.12
（2022.7 重印）
ISBN 978-7-5396-7091-1

Ⅰ．①草… Ⅱ．①万… Ⅲ．①散文集－中国－当代
Ⅳ．①I267

中国版本图书馆 CIP 数据核字（2020）第 230266 号

出 版 人：姚 巍
责任编辑：胡 莉 卢嘉洋 装帧设计：褚 琦
....
出版发行：安徽文艺出版社 www.awpub.com
地 址：合肥市翡翠路 1118 号 邮政编码：230071
营 销 部：(0551)63533889
印 制：山东百润本色印刷有限公司 (0635)3962683
....
开本：700×1000 1/16 印张：14.75 字数：170 千字
版次：2020 年 12 月第 1 版
印次：2022 年 7 月第 2 次印刷
定价：60.00 元
....

目　录

学古悟今

鉴古衡今

序：思想的力量

——《草思集》品读

万竞文

文章好不好，读了才知道。读《草思集》，从随手翻翻，到不知不觉转入专注地精读，感觉进入了一片奇妙的思辨天地，既幽深又透明，既耐人寻味又脚踏实地，在作者与读者的心灵联通中，悟出了这部书的精华所在。

用纵横古今的沉思洞悉人生，追寻人生美好的精神境界。我问作者：《草思集》的主题是什么？他回答说：尽管《草思集》的40余篇诗文跨时四十年，写着不同的故事和感悟，但几乎每一篇都以一个中国人的视角来探讨人生，追寻人间正道。《草思集》中四个板块的所有文章都涉及人生。"鉴古衡今"讲每个人生都绕不开的权力、金钱、成败、功业、教育、环境等话题，探精索微，弘扬正气。"学古悟今"讲如何从东西方文明和现代与传统文明互鉴交融的视野，来重塑与时俱进的中华传统道德文明。"阅古览今"思考书中和现实中人的灵魂，呼唤人类的良知。"感古怀今"是作者的思维灵动而鸣奏的心曲，是自己的人生历练和奇思妙想随时代的脉搏而跃动的感怀。

在宏阔视野下既缜密又灵动的论述发人深思。《草思集》里的文章大都纵横古今，合璧中西。熔文史哲于一炉，表达清晰且逻辑性很强，给人耳目一新、豁然开朗的感觉。《悟道》论述道："两千多年前的老子心中有'道'，用'无为'而达'有为'。……我们今天要发展'无为'的理念产,以更广泛的'无为'而达到更深刻的'有为'。"《甲午叩问》论述道:"皇家的底线和由此导致的国家意志的懦弱是甲午战争失败的直接原因。""祖制的皇权和由此形成的政治体制的落后是甲午战争失败的根本原因。""皇朝的腐朽没落和由此带来的国民素质的没落是甲午战争失败的内在原因。"《草思集》的论述不是纯论文的论述,它继承了中国古代文论的意气风发、文学性强的特点。

娓娓道来的陈述中常见独具慧眼的思辨灵光在闪动。《心曲》中写道:"人心中的幸福是物质的,更是精神的,物质的幸福很短暂,得到了也就消失了。幸福是什么? 幸福就是追求目标的过程,达成目标了,幸福就变成了雨后的彩虹,然后渐行渐远消失在天际。这时你心中的幸福需要新的追求目标,新幸福就是追求新目标的九曲连环的过程。""夫妻关系的最高境界是没有血缘关系胜过血缘关系,充满骨肉亲情。"《和是蔚蓝》中写道:"和是有灵魂的,这个灵魂就是蔚蓝的;蔚蓝是有灵魂的,这个灵魂就是和。""满目蔚蓝看不见、摸不着又无处不在地透着和,和是眼前一切乃至大自然和人类社会的奥妙与真谛。"《成与败的玄机》中写道:"成与败之间的距离也许只有一厘米。""成功的持久持续依赖文化的力量。"《再谈精神胜利法》中写道:"这些人说得很高尚、很纯洁,但背后干得很下流、很可耻。有的人是手电筒光照别人不照自己,把自己当作高尚精神的化身,这算是一种精神胜利的手法,是阿 Q 精神胜利法的再创造。"《草思集》40 余篇文章中,上述之类的独到思考俯拾即得,几乎篇篇都有。这是本书的精华也是本书取名的缘由。

深深的家国情怀渗透在字里行间,引发读者的共振共鸣。《草思集》中,有不少文章充满了爱国情怀。《甲午叩问》中写道:"每次读甲午战争这段历史都感到痛心,都几乎咬破嘴唇,全身肌肉紧绷,激烈的心跳传达着强烈的不甘心,在内心里一遍遍叩问:中国怎么就败了?中国为什么会败?"《登南天门》写道:"莫不是十四亿人齐向前/莫不是整个中国在登攀/登就登世界之巅/造最隐身的飞机/眸最大的天眼/建功能最全的空间站/修地球上最美的家园/若无齐心协力/何来风光无限/当弯道飞天/中华梦圆。"《草思集》充满了忧国情怀。《草思集》中不少文章写在党的十八大之后,受到习近平新时代中国特色社会主义思想的启示。《以规矩成方圆》《官场楷模》着力于反腐败,《立交桥与次生林》《民以食为天》关注生态文明,《以人为本之本》《孟子与修昔底德》关注民生与法制建设。《草思集》还充满了齐家情怀。《心曲》写道:"家是心的港湾,夫妻当同心合力,否则,人在家心不在家,家就失去了灵魂。""血缘亲情发自本能内心,是人类天然的无私情感,你在给予后辈爱的同时也得到最快乐的精神慰藉。"《没有归来》是写看电影《归来》的感想,其实是解剖一个家庭的精神悲剧。"我们的社会要能够让人民沐浴爱的阳光,享受天伦之乐。这是人间正道,因为中国梦是每一个中国家庭、每一个中国人梦想的集合。"

　　《草思集》表达的是满满的正能量。其一,积极向上,奋斗不止。《草》中写道:"绿的蓬勃后/是黄的枯萎/枯萎也要燃烧/哪怕只剩下灰。"《幸福感悟》中写道:"艰难困苦是原材料,经过心血的配伍结晶为幸福,就像蜜蜂酿蜜一样,是酿造幸福的过程。"《石上松》中写道:"你把被苦难压弯的枝干/绷成一张满弦的弓/不断用意志和毅力的利箭/射向狞笑着要与你拥抱的死神。"其二,知行合一,身体力行。《慎独》中写道:从政者,要"吾日三省吾身"。爱好学习接近知,努力干实事、干好事接近仁,知道羞耻的人接近勇,这样就能正气在胸,明辨是非,经得起诱惑。《草思集》中关于"仁义礼智信"的五篇短文强调中国传统道德在新时代要有新内涵、新作为,赋予传统道德新的生命、新的境界。其三,讲求品格修养。《学习》和《周而不比》把学习和团结这两个老话题讲出了新内容、新境界。《机关悟道》写道:"决定党政机关干部在老百姓眼中形象的是其内功。这样的内功需要多年练就的内在力量。"《心曲》中写道:"爱是给予更是收获,你全心全意为人民服务,为社会倾心尽力奉献你的智力、体力、精力,你自己就崇高起来。你努力帮助弱势群体,你就有了体现生命价值的精神愉悦。你呵护自己的儿孙们,教育他们健康成长,你就有了天伦之乐。"

读《草思集》,觉得这本书是可供多年挖掘的思想矿藏。《草思集》的作者自诩为思考的草,因为《草思集》充满思想的力量。

自序：思考的草

本书是世间一棵"草"在栉风沐雨后的沉思记录，故名《草思集》。

多年来，我一直在心里默默地把自己定位为一棵思考的草，但又有些心虚，自己这辈子到底思考了什么呀？直到这本记录着我的思考的《草思集》文稿初定，我终于可以坦然自命为一棵思考的草了。

怎么就把自己当作一棵思考的草呢？这缘于我人生的经历和对世界的认知。首先，我认为尽管我和绝大多数人一样，生命的征途崎岖不平，但把个人放在时间和历史的长河里，人只是一粒尘埃，放大了说，人只是一棵草，正所谓人生一世，草木一秋。古往今来，不只芸芸众生是"草"民，帝王将相也不是万岁、千岁，也是一茬接一茬的"草"民。我更是承受风霜雨雪的众多"草"民之一。少年时正处"文革"时期，作为国家干部的父亲因为是地主子女被批斗，自己也备受同学歧视，觉得人生一片灰暗，心头始终压着铅石，唯有偷读一些书籍才有所慰藉。那时觉得书中并没有"黄金屋"和"颜如玉"，却有妙不可言的精神世界。通过读书，我了解了知识的无垠和人生的渺小。15岁那年当知青，我在茅屋里的煤油灯下读手抄的苏轼《前赤壁赋》，似懂非懂却心有戚戚，对其中"寄蜉蝣于天地，渺沧海之一粟。哀吾生之须臾，羡长江之无穷"，"且夫天地之间，物各有主，苟非吾之所有，虽一毫而莫取。惟江上之清风，与山间之明月，耳得之而为声，目遇之而成色,取之无禁,用之不竭,是造物者之无尽藏也,而吾与子之所共适"的句子,不由得产生了心灵的共鸣。少年时我从书中获取医治精神创伤的良药,退休后的生活遭遇依然坎坷,又从范仲淹"不以物喜,不以己悲"的教诲中获得心灵的慰藉和心理的平衡。人啊,"渺沧海之一粟",就像一棵草,不要寄望太多的获取,有点阳光雨露能生存就得了。做一棵鲜活的草,挺好的。其次,人虽然只是一棵草,但也要努力成长为一棵有点作为的草,不能白来人世走一遭。曹孟德说过"对酒当歌,人生几何",也说过"老骥伏枥,志在千里。烈士暮年,壮心不已";李清照说过"寻寻觅觅,冷冷清清,凄凄惨惨戚戚",也说过"生当作人杰,死亦为鬼雄";奥斯特洛夫斯基说过"人的一生应当这样度过:当他回首往事时,不因虚度年华而悔恨,也不因碌碌无为而羞耻"。许多名垂青史的人也是世间一棵草,但有所建树,有所作为,为人类做出过贡献,不枉此生。我多次思索过,作为一棵草,我的作为是什么呢?我有45年的工龄,少年时当知青,17岁当木工,25岁上大学,后长期从事写材料工作,45岁时任区委常委,后又担任副区长、区人大常委会副主任,直到退休。此生既无雄才大略,也无一技之长,不擅交往,孤独清高,简单而平庸。在平铺直叙、平淡无奇的人生中,唯有一个优点,就是自幼爱写作。在45年的工作生涯中,有数年专事文字工作,曾在中央及省、市各级报刊上发表工作研究、散文、随笔和通讯20余万字,曾想编辑成书,但总觉得是应时之作,不满意。《草思集》收入的大都是我第一次发表的对人生的感悟之作。我喜欢读文史哲一类的书,喜欢对历史与现实进行思考,发表评论。这些思考随兴而发,随笔而录,形成了一篇篇小文章。把这些走心的小文章集合起来,就是这本《草思集》。这大概算是我此生可以摆得上台面的一点作为吧,也算是圆了我想当一棵有点作为的草、一棵思考的草的梦吧。

《草思集》分为学古悟今、阅古览今、感古怀今和鉴古衡今四个板块,集结了我所写的40余篇思考随笔和几篇以诗言志的作品,企望能涉足史哲,纵横古今,放飞思想的翅膀,翱翔在思辨的天地。

"学古悟今"里有15篇随笔,是我对国学的一点探索。《中》认为中国人要搞明白什么是"中","中"不仅是国名,还是衡量道德和价值的尺度,是中国人的自信,是东方文明核心理念之一。《国学微探》谈了个人对国学的理解,认为国学是中国人探索和创造的学问,国学要补上自然科学领域内的短板,要与时俱进,使中华文明再创辉煌。《学习》认为学习是国学的重要理念,"学而时习之"应是人的终生追求,不断学习是人类进步的阶梯。这一理念要在新时代发扬光大。《孟子与修昔底德》是用中西文明的对照与碰撞,谈论民本与民主。东方文明如何与西方文明相互借鉴、互为补充,需要更多的探索。《悟道》是读老子《道德经》的体会,老子的道其实就是自然和社会的客观规律。《慎独》谈从政者的修养问题,能够达到真正的慎独,你就进入道德的最高境界了。《周而不比》讲了要团结不要勾结,孔子的这句话发人深思。《和》与《和而不同》对中华文明中"和"的理念进行了探讨,这些探讨你认同吗?《恕》里提到,东方文明与西方文明都讲"恕","恕"是人类共同的德。《话仁》《话义》《话礼》《话智》《话信》思考的是国学的基本道德规范,认为对仁、义、礼、智、信要取其精华,弃其糟粕,在新时代赋予其以新的内涵。

"阅古览今"里有10篇随笔,是读书和看电影、电视的一些感想。《关于国人灵魂的思考》和《再谈精神胜利法》是读鲁迅小说《阿Q正传》的感想,鲁迅先生对国人灵魂的拷问至今仍振聋发聩。《官场楷模》思考了做官追求什么,做官为的是什么,官是人上人,还是人中人,以及官员怎样履职等问题。《令人扼腕叹息的宋朝》是读宋史的感悟,历史上如果出现盛宋,其盛的程度会超越盛唐。《吹尽黄沙始到金》探讨中国古代流芳百世的文学名篇何以大多是由仕途不顺、不得志者写出来的。《〈马说〉新读》借评《马说》谈干部选拔任用的问题。《看破"看破红尘"》是读《红楼梦》中《好了歌》的偶思,认为要站在更高的人生视角看破所谓的看破红尘。《呼唤人类的良知》是看电视剧《赵氏孤儿案》的思考。无论古今,人类社会都充满正义与邪恶、光明与黑暗的斗争,历史与现实都在呼唤着人类的良知。《绵绵深情》是读毛主席诗词《蝶恋花·答李淑一》的感想。《没有归来》是看电影《归来》的感想,经历过"文革"的人对此片应有共鸣。

　　"感古怀今"里有10篇散文和10首诗歌。《人与神》讲人就是神,人性中有神性,神性中有人性,人应当去创造宇宙的奇迹。《成与败的玄机》谈了成与败之间八个方面的玄机。《立交桥与次生林》围绕环境问题,呼唤生态文明。《幸福感悟》结合自身经历谈对幸福的理解。《心曲》是抒发来自心田的心灵奏鸣。《我的陋室》是对自己知青生涯的回顾,在回顾中感悟时代的变迁和人生的真谛。《野菊花》《青菜豆腐》是亲身经历的素描。《小区观物》是退休后闲暇中的偶思。《和是蔚蓝》是一次思维灵光闪动的记录。诗10首中《小树》是17岁时写的励志诗,尽管浅薄却一直留存着。《石上松》是睹物思情,有感而发,有点自身经历的影子。《童年梦》记录的是孩提时真实的梦。《唱歌》和《游泳》描画的是我人生中的两大爱好,《唱歌》中有我的情怀,我的眼泪;《游泳》像徜徉在缥缈的水晶宫。《草》概括了草的一生,也表达了对人生的认知。《汤圆》描述真实的场景,也告诉人们警惕温柔乡。《登南天门》和《飞机上的长江》是亲身经历的形象再现。

"鉴古衡今"包括12篇随笔。《金钱断想》里有对个人的经历的沉思。金钱是镜子,是人是鬼,一照便知。《甲午叩问》是对甲午战争历史的沉思。甲午失败的主要原因是当时已衰落的爱新觉罗家族维护摇摇欲坠的家天下,导致国家意志懦弱,竭力维持皇权导致政治体制落后,清王朝的腐朽没落则使国民整体素质低下,这三者共同导致了甲午战争的失败。《闲话教育》谈了对古今教育的思考。教育是国之根本,教育孕育未来,教育是社会永恒的话题。《机关悟道》是我集三十余年机关工作经历而谈的体会。《真与假》是因为天下人无时不议,我凑个趣吧。《以人为本之本》是做人大工作的一点感悟。《民以食为天》是谈对人人关心的食品安全问题的认识。《干事业之忌》《你实干了吗?》《圆梦须知忧》《以规矩成方圆》是我在工作期间,为《滁州日报》撰写的几篇短文,以表达自己的一些认知。《两个文明相辅相成》是工作笔记的摘录,是对具体工作的思考。

能在耳顺之年完成《草思集》一书,还缘于我对泰戈尔名言"生如夏花之绚烂,死如秋叶之静美"的领悟。这是人生的最高境界,古今中外多少人不枉此生,生如夏花之灿烂。而我此生无建树,如夏花之灿烂已不可能了,但可以努力做一片秋叶,一片灵动的有思想的秋叶,争取将来的静美。虽然我不具备作家、诗人那样的功力和天分,但我有自己的思考。也许这些思考幼稚可笑，杂乱无章，但我还是记录下来了，和愿意读它的人进行交流。《草思集》是我和大家说的心里话，你的阅读就是听我唠叨，就是和我进行心灵的沟通。生命在于运动，思考是人脑的运动。能成为生命是幸运的，能成为智慧生命更是幸运的。生命与智慧生命的区别就是会不会思考，思考使生命升华，异彩纷呈。思考若能雁过留声，为世人及后人品味，此生足矣。

我的女儿万竞文是中学语文教师，酷爱读书和写作，对语文教学也情有独钟。她和女婿何鹏是本书的策划人，本书中部分诗文是我与她共同创作或是她独自创作的。希望本书的问世能驱使她在今后的岁月里写出更多更好的文章，也做一棵思考的草。

万晓勇

2020 年 10 月

学古悟今

中

中是什么?《现代汉语词典》说中是方位词,是"跟四周的距离相等"的意思,这种解释虽准确,却没能言尽其义。

中是什么? 中为何是中国的国名? 五千年的中国历史中,从夏朝到清朝,历朝历代并未取名叫中国,而中华民族在形成之初就约定俗成地称这片土地为中国。《战国策》中写道:"中国者,聪明睿知之所居也,万物财用之所聚也,贤圣之所教也,仁义之所施也,诗书礼乐之所用也……"中国古代人认为,自己繁衍生息的黄河流域和长江流域居世界之中,"中于天地者为中国"。他们为此发自内心地自豪。

中是什么? 中是中国上古哲人提出的一种道德规范。把中理解为中正、合适、标准是先秦古籍中的通义。据《论语》记载,尧说过"允执其中"。《尚书》里论述过"士制百姓于刑之中","惟良折狱,罔非在中","明启刑书胥占,咸庶中正"。这里的"刑之中""在中""中正"是说执行刑罚要公正,不偏不倚。在上古哲人的心目中,能够兼顾上下前后,尺度把握得恰到好处,得到公认共识才能称之为中。先贤孔子提出了中庸理念。孔子自己解释中庸就是"过犹不及""执两用中""中立不倚"。孔子说:"中庸之为德也,其至矣乎!"孔子认为中庸是至高无上的道德准则。宋代儒学大师程颐进一步解释了中庸:"不偏之谓中,不易之为庸。中者,天下之正道;庸者,天下之定理。"在中国一代又一代的哲人心中,中是人间正道,是天下定理,是公正不偏的代名词。

中作为中国古代哲人提出的一种道德规范,其博大精深难以言表。这里试着在学习中国古代经典著作的基础上,本着既忠实于古代哲人的原创又与时俱进地推理的方法,对中的思想理念进行一点梳理与挖掘。

中心理念。中国人的中心理念并不是无知和狂妄自大。这一中心理念具体体现在三个方面。其一,中心理念反映出中国人与生俱来、深入骨髓的国家认同。正是有了这种认同,中国文化延绵至今,经久不衰。其二,中心理念孕育出根植人心的爱国主义精神。汉字"中"与"心"两个字的结合叫"忠",把中放在心上就是忠,忠是中国人的一个道德准则。爱国为忠,卖国为奸。像戚继光、郑成功这些维护国家和民族利益的仁人志士叫忠;甲午战争中,为国捐躯的北洋海军将士叫忠;抗日战争时期,在全国各个战场上牺牲的数百万军民叫忠。几千年来,为了中华民族的生存而英勇牺牲的人都叫忠,他们彪炳史册,昭示未来。其三,中心理念催生了舍我其谁、敢为天下先的民族精神。中国史前文化中,有开天辟地的盘古,有炼石补天的女娲,有钻木取火的燧人氏,有遍尝百草的神农氏,有"尽心沟洫、导川夷岳"的大禹,有敢斗旱灾、射落九日的后羿,这些其实就代表中国人气吞山河、改天换地的胆略和气魄。中国人的勤劳勇敢也著称于世,中国修了万里长城,挖了大运河,中国人在难如上青天的蜀道环绕下开辟出富饶的"天府之国"。中国贫穷的农民下南洋后大都不懈努力,吃苦耐劳,省吃俭用,成了当地的富商,为辛亥革命、抗日战争不断捐助。中国人有了这种精神，就能不断地创造奇迹。

中道理念。中里有道。中华文明中的道是指大自然和人类社会的规律。在上古中国哲人的思想中，中就是道。中道也可以叫人道，因为在中国古代哲学中，天地交合生成世界，世界的主体是人。中道以人为体，至少包括三个方面的内容。其一，以人为本。在中国、古埃及、古希腊、古印度四大古老文明之中，只有中国没有宗教神学体系，中华文明不在乎天上之神，其在乎立于天地中间的人，人是"天地之心""天地之化育""人皆可以为尧舜"。中国古代经典著作"四书""五经"中没有关于神与宗教的描述，关注的都是政治问题和人的道德问题。中国文化特别关注现实的社会人生问题，天地之间为人，人为中为重，有着朴素的民本思想。其二，天人合一。在中国传统文化中，"道大、天大、地大、人亦大。域中有四大，而人居其一焉"。老子认为天不是神而是大自然，天中有人，人中有天，天人合一，物我相通。《易经》中很多内容都讲天人合一。天道和人道的融会贯通就是中道，中医配天地之精华而治病救人就是中道，在人际关系中主张"仇必和而解"就是中道，中道就是完善和谐的行为道德。其三，君子之道。中国传统文化崇尚君子风范，中道就是君子之道。《中庸》云："君子之道，造端乎夫妇，乃其至也，察乎天地。"君子开始于平凡男女，其明察天地的最高境界是中庸之道。中道的人文精神是以人为本，中道的哲学思考是天人合一，中道的身体力行是君子之道。君子之道以中为度来衡量人的人格道德和处世行为，要求人们以中道修养身心，行为适中，这样便可"天地位焉，万物育焉"。

中正理念。里中有正。早在唐虞时期，中华民族就初步形成把

"中"与"正"结合的德行作为行为准则的理念。尧、舜、禹三代禅让授受均以矢志中正为"心传",把取中用正、大中至正逐步提升为国家精神。中正理念至少有三个方面的内容。其一,人要做正人君子。孔子说过"夫礼所以制中也"。孔子认为"中"这一道德准则要正,人要做到"非礼勿视,非礼勿听,非礼勿言,非礼勿动"。中正要求人要按规范和规矩为人处世。其二,要刚正有为,不屈不挠,有无坚不摧、无往不胜的精神。大禹治水,三过家门而不入,排除万难战胜洪水。屈原同恶势力做斗争,虽九死而不悔。谭嗣同在狱中墙上写下"我自横刀向天笑,去留肝胆两昆仑",含笑从容就义。这些都是中正精神的生动体现。其三,人要有一身正气。狄仁杰、包拯等一身正气、两袖清风,走得中,坐得正,在官场上出淤泥而不染,讲信修德,秉公执法,不畏权贵的行为堪称中正。中国共产党人焦裕禄不仅为官不贪,而且一心为老百姓谋福利,直至生命终结,这是更深刻的中正。

中和理念。中的概念是联系上下前后、南北东西的,中里就有和,中和一体。《周易》所述"地势坤,君子以厚德载物"是中和理念的最好诠释。宽厚的美德就是中,载物就是和。君子有宽厚的美德,可以容纳万物,可以海纳百川。中和的关键在中,中华文化善于兼容并蓄。春秋战国时期的文化处于百家争鸣的态势,此后中华文化集中了儒道的精华,还接受了外来文化,彰显中华文化的凝聚力和亲和力。中和理念在中国革命历史上有过生动的运用。抗日战争时期,中国共产党倡导的最广泛的爱国统一战线,为打败日本侵略者,进而积聚建立新中国的力量奠定了基础。这里的中是中国共产党人维护国家独立、民族生存的坚定理念,这里的和是团结一切可以团结的力量的战略和策略。

这些对中的理念的探索，是否悟出了中国上古哲人思想中的中？在中国哲人的思想中，中是神圣而难以言尽的，中是天下之中、文化之中、道德之中。中的理念根植于中华大地，流淌在中国人的血脉中，刻骨铭心。

中华文明是世界上唯一自古至今没有中断的文明。当然中华文明也经受过沉浮。盛唐时期中国的经济和文化的发展都位于世界前列，是其他国家学习的榜样。近代西方文明异军突起，中华文明停滞、僵化而招致落后挨打，成了弱国。近代中国的落伍是中华民族的切肤之痛和耻辱。知耻而后勇，而今中国人奋起直追，中华文明旧貌变新颜，到了再现中华文明新辉煌的时候了，到了重新大写"中"字的时候了。中心理念要与时俱进。中国的位置和经济文化虽然不能说是世界的中心，但曾有多年领世界之先的历史，我们有理由坚定民族自信和文化自信。面对来自各方的压力和挑战，中国人要迈开坚定不移的步伐，勇敢地向前走。要把以爱国主义为核心的民族精神同以改革创新为核心的时代精神有机地结合起来，矢志不移地实现两个一百年的伟大目标。爱国精神是作为中国人最起码的道德，连爱国情怀都没有的人，心中没有中，无中就无德。中道理念要革故鼎新。传统儒家学说太注重上下尊卑，不利于人的平等和以人为本。以人为本就是人民当家做主的根本，广大人民的共同利益是根本，共同富裕、共同发展是根本。中正理念要发扬光大。面对要从文化、政治、经济各方面包围和压垮中国的明潮和暗流，中国既要卧薪尝胆、韬光养晦，又要枕戈待旦、正气凛然。面对改革创新发展的困难和障碍，要有壮士断腕的决心，逐步实现古人梦想的大中至正的大同境界，努力实现社会的公平正义，在整个社会扫除那些污浊之风，扶正祛邪，推动社会风气的根本好转。中和理念要持之以恒。和谐的哲学本义是"中和变通后的相谐于律"。中华文化有海纳百川的宽阔胸怀。统一战线的理论和实践，是中国共产党人的一大法宝，运用这一理论，在国际上，中国积极建立以和平发展为宗旨的人类命运共同体，主张求同存异，彼此尊重，包容增长，互利共赢，中国既韬光养晦又坚守底线，肝胆相照在前，柔中寓刚于后，开拓协和万邦的新境界。在国内，中和就是社会公平正义基础上的和衷共济，众志成城，既龙腾虎跃又各具神通，既竞争又共同发展，既比学赶帮，你追我赶，又抱团取暖，相濡以沫，要形成社会活力迸发，人人心情舒畅的局面。

写到这里，我想起了梁启超先生对少年中国的描述："红日初升，其道大光。河出伏流，一泻汪洋。潜龙腾渊，鳞爪飞扬。乳虎啸谷，百兽震惶。鹰隼试翼，风尘吸张。奇花初胎，矞矞皇皇。干将发硎，有作其芒。天戴其苍，地履其黄。纵有千古，横有八荒，前途似海，来日方长。"梁先生汪洋恣肆、一泻千里的笔触，道出了亿万人心中的中国。中国文化里的"中"蕴含着信念、道德和感情。十四亿中国人手牵手就集合为无坚不摧的血肉长城，这正是中华民族复兴的根本。中国历经磨难，百折不挠，在习近平新时代中国特色社会主义思想的引领下，砥砺前行，一定会有一个更加美好的明天。

中——中国人的一字天书，用生命去读它吧。

国学微探

　　国学是什么？从狭义上讲，国学是以先秦经典和诸子学为根基，涵盖两汉经学、魏晋玄学、隋唐佛学、宋明理学和同时期的汉赋、六朝骈文、唐宋诗词、元曲、明清小说，以及历代史学等一套完整的文化和学术体系，包括经史子集诸部分。从广义上讲，国学是指中国传统文化，包括政治、历史、地理、文学、哲学、军事、宗教、科技、医学、经济、风俗、艺术、传统技艺等。如果用简洁文字加以表述，国学就是中国人在历史的长河中探索与创造的学问。

　　中华文明是世界上唯一传承几千年从未中断的文明。国学曾在两千余年内一直走在世界文明的前列。在社会科学方面，《大学》中提出的"三纲八目"，即明德、亲民、止于至善的"三纲"和格物、致知、诚意、正心、修身、齐家、治国、平天下的"八目"，是充满道德精神的治国治家理念。《中庸》中提出的智仁勇、致中和理论对我们现代人的修身养性、人际交流仍有借鉴和指导作用。《周易》是中国古代哲学经典，其蕴含的深刻哲学思想博大精深。《论语》提出了"仁"和"礼"的道德原则，是涵盖当时社会生活方方面面的思想道德的教科书。在自然科学和经济发展方面，古代中国也有系统的中国学问。中国除四大发明外，在商代就能锻造巨大的青铜器皿，并开始烧制瓷器，广泛运用在生活之中。在医疗知识技术方面，战国时期成书的《黄帝内经》，借鉴

《易经》的哲理，总结春秋至战国时期的医疗经验，从阴阳五行、天人相应、五运六作、脏腑经络、病机、诊法、治则、针灸等方面，进行了比较系统的概括，时至今天，《黄帝内经》在诊治学上仍具指导意义。在科技方面，汉代科学家张衡在132年发明地动仪，能够测出地震的强度。欧洲直到1880年才制作了相似的仪器。还有魏晋时刘徽的算法理论，北魏时贾思勰的《齐民要术》，北宋沈括的《梦溪笔谈》，都有着当时世界领先的科技论述。在社会发展上，国学曾孕育和造就了经济的辉煌。唐朝初期，贯彻民本和仁政理论，文化繁荣和民富国强使中国成为那个时代公认的强盛国家，邻国纷纷派人到中国学习政治制度和文化知识。早在宋朝就出现了向近现代社会转型的萌芽，在政治上包容、宽松，不杀士大夫，不杀上书言事之人，政见不合者贬官而已；在经济上，鼓励工商，出现了纸币，还进行了类似证券的交易。宋朝出现了一些超百万人口的大城市。在城市，市民从男耕女织走向以工商为主的市民生活，市民们在生产生活的交往中具备了某种契约精神，这些比欧洲早数百年。明朝时，皇帝有了开放意识，派郑和七下西洋，展示了交往邻邦、开拓贸易的雄心。

国学——中国人的学问，为什么从近代开始，没能继续领跑世界文明反而处于落后地位呢？这是因为长期以来国学有两个弊端限制其发展，使其出现僵化的态势。一个是封建皇权的框子，使国学被各个王朝当作维护统治的政治工具，"四书五经"的学说，为权力服务，道德文章要人们循规蹈矩，这从根本上扼制了新的政治文明的产生和新思想的传播。如果你的学说波及皇权，那就焚书坑儒；如果你所写的诗文有半点差池，那就招致文字狱。与此同时，起源于古希腊文明的近代西方文明则一直处于灵动的状况。在经历了中世纪的黑暗之后，文艺复兴启蒙了思想，民主与人权观点深入人心，资产阶级革命取得胜利，近代西方文明走向世界舞台的中央。西学因其科学和全面逐渐成为各国教育的主流。另一个是文化人追求目标的框子。在1905年科举制度废除前，中国人读书的目的就是金榜题名，升官发财，就是当秀才、举人、进士、状元。学习的内容是齐家治国平天下的道理。自然科学、应用技艺进不了学堂，因为那被认为是雕虫小技、旁门左道。而西方以自然科学知识为主要学习内容，社会上有着崇尚科学的良好氛围，产生了伽利略、牛顿、爱迪生等一大批杰出的科学家。近代，中国落伍了，国学落伍了，落伍的必然结果是西方列强把中国当作可以掠夺的弱国，就连以前的"学生"日本也企图把中国作为殖民地，曾自信是世界中央大国的中国变成了落后挨打的典范。

中国的落后和悲哀导致了中国国学的落后和悲哀，国学的落后和悲哀加剧了中国的落后和悲哀，这是触及一个国家灵魂的深层次的落后和悲哀。那么，国学的凤凰涅槃在哪里？

国家振则国学振。1949年，中国共产党领导中国人民站起来了，党的十一届三中全会以来的改革开放，使中国人民富起来，"仓廪实而知礼节"。中国的国学有了发展和振兴的土壤和条件，国学一定能蹶而复振，开创新纪元。

国学要继承和发扬其固有的精气神，再现其活力和魅力。国学的精神体现在人格、智慧和包容六个字上。国学要求人具备以"仁"为核心的人格，包括"仁、义、礼、智、信、忠、孝、勇、宽、惠"等广泛内容，要"先天下之忧而忧，后天下之乐而乐"。屈原同恶势力作斗争，虽九死而不悔。要慎独,"君子喻于义,小人喻于利",历史上包公、于谦等人身居要职,能一身正气,是仁人志士的典范。今天,我们倡导的社会主义核心价值观,与国学中倡导的人格完善一脉相承。"天人合一"是国学推崇的境界,超凡脱俗。《周易》作为国学中的哲学经典,其阐发的天人合一的宇宙模式、阴阳互动的建构方式和通便致久的积极理念,使国学具备了高瞻远瞩、经纶万物、无往不通的智慧。"穷则变,变则通,通则久。"中国共产党人领导中国人民进行改革开放,改变落后的面貌,不正是"变则通"吗?不断深化各个领域的改革,使之追赶世界一流,不正是"通则久"吗?中国对美好的追求没有止境。辩证思维也是国学的大智慧。《周易》主要阐述的是变与不变的辩证统一。老子提出"反者道之动"。荀子提出"辩合""符验""解蔽",提倡辩证地处理万物,解决问题。王安石说"耦之中又有耦焉,而万物之变遂至于无穷",明确阐述天地万物变化的辩证法。这些论述有异曲同工之妙,指导着人们发挥主观能动性,智慧地解决问题。国学的形成、发展就是一个海纳百川的过程,先秦的百家争鸣,使各显其长的学术思想有了基本的建构,汉王朝的独尊儒术确立了儒学的主体地位,宋明理学的儒释道三教合一,使国学更加丰富多彩,国学汲取新鲜营养的过程永无止境。《中庸》阐述兼容并包的中和理念:"中也者,天下之大本也;和也者,天下之达道也。致中和,天地位焉,万物育焉。"新时代的中国要和平崛起,不正需要海纳百川的气度,不正需要既能把握全局又能兼顾各方、建设和而不同的人类命运共同体的气魄吗?

国学要补上自然科学领域的短板,创新并引领自然科学领域的发明和创造。在 16 世纪以前相当长的历史阶段,中国国学在自然科学方面也是颇有建树的。中国的火药、指南针、印刷术和造纸术这四大发明，曾对世界的发展做出卓越贡献，它们先后传入东南亚、东北亚、南亚和欧洲。马克思说过："火药把骑士阶层炸得粉碎，指南针打开了世界市场并建立了殖民地，而印刷术则变成新教的工具，总的来说变成科技复兴的手段，变成对精神发展创造必要前提的最强大的杠杆。"古代中国，自然科学没有占据主导地位，被严重忽略，而欧洲早把自然科学作为学生学习的主要内容。自16世纪始，欧洲的文艺复兴带来的思想解放催生了资本主义市场经济的发展，也催生了科学文化知识的发展。伽利略比萨斜塔自由落体实验，奠定了近代实验科学的基础。18世纪和19世纪，英国的产业革命、法国的政治革命和德国的哲学革命，使欧洲进入蒸汽机时代。热力学、电磁场理论、化学场理论、化学原子论和生物进化论的建立，不仅使物质科学和生命科学都进入了理论科学的时期，而且使源于实验室和科学原理的技术形成了主导技术群。20世纪，量子论、相对论、信息论、基因论和结构论等基础理论的形成，对人类的思维方式和认识方法产生了深远的影响，成为20世纪科学发展的起点。进入21世纪，人类的科学文化知识更呈现爆发和飞速发展的态势，生命科学、信息技术和人工智能等将不断地改变世界。人类对未知世界的探索永无止境。在21世纪科技文化知识的竞争中，国学要充满文化自信，在自然科学方面迎头赶上。"他山之石，可以攻玉"，尽管自然科学的基础知识大都是西学，但现在的西学是人类共同的财富，是人类共同的巨人之肩，可以为我所用。在世界文明的各个领域，国学都应占有一席之地。

国学要与时俱进，使中华文明再现辉煌，以德服天下，以智立天下。近现代以来，要学好国学，离不开学好西学。近代的国学大师大都是精通西学之人。王国维算是最传统的，他也曾精研了康德和叔本华的哲学理论。梁启超在戊戌变法后逃往日本，大量阅读了译成日文的西方学术名著，使他有了更开阔的视野。陈寅恪被认为是顶级的国学大师，他长时间在欧洲留学，学贯中西。国学只有与世界文明接轨才能使自身面貌焕然一新，气象万千。站在历史和现实的高度看，对传统国学要取其精华，弃其糟粕。一些经典的国学论述永久闪烁着思想的光辉，当然，也有一些论述是必须摒弃的。对现代人来说，国学只是知识的一小部分，不要把其奉若神明，当作包治百病的灵丹妙药，要通过学国学使国学与西学相辅相成。目前，有些人只是诵读一些经典诗文，就认为自己国学学得很好了，这是很无知的。当然，学习国学的经典，让现代中国人领悟中华文明的博大精深很有必要，但知识的魅力和生命力在于它的不断更新和发展。国学作为中国人的学问也应不断更新和发展。

学　习

一

　　"学习"一词的出处是《论语》中的"学而时习之"。"学"是别人教授或自学，"习"是温习、实习、练习。

　　学习是人的天性，人因学习而有无穷无尽的力量。大自然赋予生物传承的本领，使生物一代接一代地生存下去。以动物为例，食草动物学逐水迁徙，食肉动物学捕食，动物本领的传承可以称为"学"，但动物没有使天生的本领得以发展和提高的"习"。地球上只有人有真正意义上的学习。学——传承，习——在传承中不断提高。从人力耕种到机械化耕种，从搭茅棚到建摩天大厦，从锻铁制刀到试验洲际导弹，从石板铺路到编织高铁网，学习无疑使人的生活环境日新月异、翻天覆地。人因学习而有魅力四射的思想。人类在物质文明和精神文明上所取得的浩瀚壮观的成就，无一不来自人类的学习，来自学习中闪现出来的灵性。从结绳记事到大百科全书，从珠算到大型电子计算机，从梦想飞天到载人航天，从老子到黑格尔，从空想社会主义到有中国特色社会主义理论，人的学习承载着人类不断进取的精气神，人的生命因学习而鲜活、美丽。

学习是人生快乐的源泉。《论语》开篇就是"学而时习之，不亦说乎"。学习是快乐的，人在生活中如果没有学习，那还能叫生活吗？有学习的生活妙不可言、生机盎然、充满魅力。如果在童年时不读书识字，长大就是睁眼瞎；如果在成年时不学习不工作，就是行尸走肉。过去读书人认为，"书中自有黄金屋""书中自有颜如玉"，一切美好的方面都与学习相关，在学习中传承既往的知识，探索未知的世界，是多么美妙的事情。有进取心和求知欲，在知识的海洋里搏风击浪，你会更加充实，更加强大，更加快乐。

学习是人的根本。人要懂得如何做人靠学习，在学习中不断成长为有道德、有文化、有技能、有健康体魄的人。人要实现生命的价值靠学习，人是地球上匆匆过客，留下点什么，奉献点什么，让后代记住什么，那就是学习凝聚的结晶。学习是人的生命之水，有了学习，人就是怒放的花朵；没有学习，人就是枯萎的败叶。

二

怎样学习呢？

老祖宗早就做了回答，《中庸》写道："博学之、审问之、慎思之、明辨之、笃行之。"

博学之——学习涉及人类文明的一切领域。随着人类科技知识水平和精神文明水平的不断提高，人类要学习和研究的知识越来越多，比如从机器制造到 3D 打印，从自行车到载人航天，还有微电子技术、网络技术、激光技术、新材料技术、纳米技术，等等。当代人应该学会在知识的大海里游泳的本领。培根说:"读史使人明智,读诗使人灵秀,数学使人周密,科学使人深刻,伦理使人庄重,逻辑修辞之学使人善辩。"其实博学的妙处更多,体育使人强健,音乐使人高雅,物理使人潜海飞天,信息技术使人有了千里眼和顺风耳。

审问之、慎思之、明辨之——学习要虚心地向老师请教,向书本请教,向别人请教。要对学到的知识谨慎周密地思考,清晰地辨别对错、是非,使学到的知识融会贯通。学习有三忌:忌囫囵吞枣,食而不知其味,不能把学到的知识消化、吸收,变成人生的营养;忌"依葫芦画瓢",大脑没有产生思考,只是机械地模仿、强行地记忆;忌"不敢越雷池一步",对经典不论理解和不理解,都选择深信不疑,奉若神明。学习要三深:学得深,对学习的内容弄细弄透弄明白;问得深,对学习内容敢于问为什么;想得深,要在掌握学习内容基础上做深入思考,获得灵感,有所创新。

笃行之——学以致用,学习的目的在于运用。从幼儿园的学习一直到研究生的学习,经历十几年甚至二十多年,学到了本领一定要有用武之地。在不同职业和岗位上,要用学到的知识和才干去为国家、为人民服务,并由此实现自我的人生价值。不仅工作上一刻也离不开学习,每一个有进取心的人在工作之余也不忘学习:每天读一点经典可以励志;每天欣赏优秀的文学和音乐作品可以陶冶情操,滋润心灵;每天进行你喜爱的体育活动,无论是球类还是太极都可以舒展筋骨,锻炼身体。人的一生都在学习和实践之中,对知识的运用,也是学习。知行合一,行是更重要的学习。

三

学习应该保持什么样的状况?

恒。人生有限,知识无限,学海无涯,必须毕生坚持学习。人们在日常学习中学到的知识只是大海里的一滴水,几十年积累可能只有半桶水,千万不要半桶水晃荡。比如某君看了一篇解说汉字的文章,常常在友人家讲"种田要力气"叫男,"自大一点"就叫臭。某君掌握了几个摆火柴棒的技巧,常常在聚会时露一手和别人赌酒,一副自鸣得意的神情。我们不能有了一块知识的碎片就天天让其在灯光下闪亮。殊不知,你甚至没有拥有知识沧海之一粟。在知识面前,你永远是渺小的。知识呈几何级数增加,活到老,学到老,把学习作为你生命的永恒状态,你的灵魂才有所慰藉。

松。学习和科研是没有平坦大道可走的,常常遇见陡峭的山崖、湍急的河流,你必须沉着冷静地应对。在全神贯注的同时也要学会放松,把自己调整到最佳攻关状态,这样才有可能苦战过关。在舞台上演唱,如果你紧张激动到发颤,一定唱不好歌;如果你全身放松,又酝酿出充沛的情感,你的歌声就会迷人。松不是松松垮垮,松是一种功力,是战斗开始前沉着冷静的自信,是泰山崩于前而面不改色的勇气,是胸中自有雄兵百万的豪气。这样的松会使你的学习成果丰硕,如大师笔下的泼墨山水画,在行云流水般的浓妆淡抹中一气呵成。

静。俗话说:"静若处子,动若脱兔。"静是一种功力。静是静思,定期关起门来对一段时间以来学习和工作实践的情况冷静思考。学习有哪些心得？对自身的成长有哪些启示？书本上的观点有没有该质疑的地方？知识理论和经验经过实践的检验到底怎样？静思会帮助你学有所得。静是细品，对所学知识进行琢磨、推敲、品味。"言有尽而意无穷"，学习要探求那些意无穷的地方，探求那些文眼和诗魂。对数理化的学习亦应细品，做到知其然而又知其所以然。

深。中国需要一大批站在科技之巅的英才和工匠。不论是精英人才还是大众人才，都要在学有所专、学有所深上下功夫。一个人一辈子学好一门技艺，干好一件事，人人争做某一行当的钻石，使中国尽快在关键人才和关键技术上不断突破，只有这样，中国才能成为学习大国、科技大国、人才辈出的大国。

四

学习应讲究艺术和方法。

心驰神往。对学习发自内心的向往很重要，"要我学"和"我要学"是两种不同的学习境界。要把人的求知欲扩大，要鼓励问"为什么"，启发问"为什么"，引发回答"为什么"。学习型社会的一个重要标志，就是学习是不是一种深入人心的社会风尚。要从小培养孩子学习的强烈愿望和浓厚兴趣，激励孩子探索未知世界的意愿。把学习当作任务、当作困难，逼孩子学习，效果必然不佳。要在家庭和学校、社会都形成浓厚的学习氛围，引导孩子对知识的深邃和奇妙的神往，使孩子们发自内心地产生对学习的兴趣。兴趣的形成受益终身，对学习的热爱是受益长久的精神财富。

扬长避短。人的遗传基因各不相同，人的体能特征各不相同，人的大脑活动各不相同，人的能力和爱好也各不相同。人的学习要结出硕果，必须扬长避短，发挥特长。现代社会对人才的需求越来越呈现多样性，过去说三百六十行，现在已经不止三千六百行了。社会不需要人人都是哲学家、国学家和社会精英，社会需要三千六百行乃至三万六千行，行行出"状元、进士、举人"。现代社会每一个人在经过基础教育之后，要在自己感兴趣、有特长的方面学习发展，爱唱歌的人去寻找更大的舞台；爱踢足球的努力苦练，争取进入心仪的球队；现代农业大有可为，几个人可办万亩农场；工匠更是一匠难求，一个好的模具工比一个技术员收入还高；企业里需要优秀的经理人、精算师，更需要优秀的技工和操作工。天生我材必有用，每一个人都有自身的特长，都有特有的过人之处，人们要在学习中定位自己，把自身的特长和聪明才智充分发挥出来，各尽所能，各显神通，去体现人生的价值。

自尊自信。自尊心、自信心对于一个人的学习、成长来说至关重要。一个十分聪明的孩子因性格懦弱又有点粗枝大叶常被批评，使他对学习产生畏惧，导致成绩平平。一个智力一般的孩子因常受表扬、鼓励而意气风发，各门功课名列前茅。爱是世间最伟大最具魅力的字眼。如果家庭和学校充满了爱，那么学生就会健康地成长。"心有灵犀一点通"，如果你的批评里有期许，严厉中透着慈爱，多一些表扬和鼓励，那么孩子会取得你意想不到的进步。在学习上要讲"我能"而不要讲"我不能"，那么你就是一个不畏艰险的人，有希望达到光辉的顶点。

与时俱进。人类的知识呈爆炸式增长，比天空还辽阔，比大海还深邃。人类的学习永远在路上。中华民族要勇敢地走在世界科技发展进步的前列,必须与时俱进地学习。为了这一追求,大家要不断学习,争取做你所从事职业的佼佼者,向国际一流水准看齐。现代科技的发展门类越来越细,中国的科技精英要组成最强团队去各自攻关。中国的民众要大众创业,组成无数个创业团队。中国每一个成人都是某一行、某一专业、某一艺术、某一手艺的行家里手,那么学习型的中国将指日可待。

孟子与修昔底德

——兼议民本与民主

是巧合又不是巧合,最近读了《孟子》,又读了古希腊历史学家修昔底德所写的一篇短文——《在伯里克利葬礼上的演说词》(朱自清等著《中国最美的散文·世界最美的散文大全集》,华文出版社,2009年9月版),引发了对中国传统民本思想和西方传统民主思想的一些断想。

一

《孟子》一书的文眼是人,通篇苦口婆心向一些君王、君子讲对人的仁政,而在表述仁政中最闪亮的就是民本理念,其民本理念自成体系,由此形成民本思想。其一重民。孟子说:"仁也者,人也。合而言之,道也。""仁"的意思就是"人","仁"和"人"的意思合起来说,就是"道"。可见人在孟子心中的位置。其二利民。孟子认为仁政的核心就是施政要为百姓谋福利。孟子说:"尧、舜之道,不以仁政,不能平治天下。今有仁心仁闻而民不被其泽,不可法于后世者。"大意是不实行仁政不能治理好天下,但光有仁之名,而人民没有得到利益,就不能成为后世的榜样。孟子说:"得天下有道:得其民,斯得天下矣。得其民有道:得其心,斯得民矣。得其心有道:所欲与之聚之,所恶勿施尔也。"大意是得民心者得天下,民心就是去实现老百姓所需求的,而老百姓所厌恶的绝不实行。其三保民。孟子主张执政者要保障人民过上温饱的生活。孟子拜见梁惠王时说过:"五亩之宅,树之以桑,五十者可以衣帛矣。鸡豚狗彘之畜,无失其时,七十者可以食肉矣。百亩之田,勿夺其时,数口之家可以无饥矣。谨庠序之教,申之以孝悌之义,颁白者不负戴于道路矣。七十者衣帛食肉,黎民不饥不寒,然而不王者,未之有也。"孟子认为一定要让人民生活有保障,过上安居乐业的生活。其四惠民。孟子主张从政治到经济都要想人民之所想,要实行惠民政策。孟子说:"尊贤使能,俊杰在位,则天下之士皆悦,而愿立于其朝矣;市,廛而不征,法而不廛,则天下之商皆悦,而愿藏于其市矣;关,讥而不征,则天下之旅皆悦,而愿出于其路矣;耕者,助而不税,则天下之农皆悦,而愿耕于其野矣。"大意是让惠民、爱民的贤能去做官,在经济上惠民。其五恤民。孟子主张对人民要有同情心。孟子说:"人皆有不忍人之心。先王有不忍人之心,斯有不忍人之政矣。以不忍人之心,行不忍人之政,治天下可运之掌上。"大意是人都要有同情心,实行同情人民的政策,治理天下就同放在掌心里一样容易。孟子还说:"老吾老,以及人之老;幼吾幼,以及人之幼。"人民之间互相关怀,情同手足,互相关爱,像一家人一样。其六贵民。孟子主张人民是第一位的,人民最尊贵。孟子说:"民为贵,社稷次之,君为轻。"两千多年前的孟子真是高瞻远瞩,他已经认识到,只有人民才是历史与现实的主人。孟子的贵民理念,是中国传统民本思想的核心。由于时代和文化的局限,中国古代统治精英对人民的认识,从来没有超越孟子的思想高度。孟子的民本思想源于中国更古老的历史文献《尚书》中提出的"民可近，不可下。民惟邦本，本固邦宁"的理念。孟子在这一理念的基础上，深层次地阐述了重民、利民、保民、惠民、恤民、贵民等理念，水到渠成地形成民本思想。

比孟子早出生的古希腊学者修昔底德所写的《在伯里克利葬礼上的演说词》尽管只有一千余字，但其对雅典城邦民主体制精练而又生动的论述令人震撼。文中既充满激情又如数家珍地讲述了雅典民主的三个重要特征。其一，雅典城邦实行什么样的民主。实行由全体公民按照平等和少数服从多数的原则来共同管理国家事务的民主制度。文中写道："我们享有一种邻人无法匹敌的政府制度。不，我们的制度是他人的典范而不是对他人盲目的效仿。因为这一政府不是在少数人手里而是为大多数人所有，它就叫做民主。在法律面前所有公民一律平等，这是真理。"在法律面前人人平等，才有可能谈及少数服从多数的民主。其二，在民主体制下大大提升广大人民的价值和尊严，同时使得公民在享有民主权利的同时，自觉地担负参与国家治理和保卫国家利益的责任。文中写道："我们的公民既能齐家又能治国，那些埋头经商的人也不乏政治常识，只有我们的公民才认为那些不关心政治的人不仅是粗心大意的人而且是毫无用处的人。""我盛赞我们城邦的美德，先烈们及同样为人们景仰的人们的美德……那些在其他方面受挫的人会在保卫家国的战斗中显示勇气和力量。他们为了正义忘掉了内心的邪恶，他们没有因为个人的失败去损害国家的利益，而是去大公无私地保卫国家。"民主与自由唤起了民众的力量，民众热爱国家，努力奉献。民主激发了民众的爱国热情。其三，民主带来社会和而不同的格局，社会奉行合作、容忍和妥协的价值观念。文中写道：

"在这种公民体制中,我们决定政务、统一意见,认为言行之间并非不可调和,在采取必要行动之前通过讨论获得信息。我们精于此道,赋予公民们以勇气和力量去承担责任,并能对此重任进行充分的探讨。而在其他政体中,无知使其莽撞,讨论使之犹疑。……就其仁善之心而言,我们也与众不同,我们不是靠索取而是靠奉献获得朋友。"我对修昔底德没有较多的研究,但他在此文中对雅典城邦民主体制这三个特征的阐述如此清晰,文中所讲的民主雅典及其公民的形象是那么栩栩如生。

二

读了《孟子》和修昔底德的那篇短文后,我粗略地知道了孟子所论述的民本思想和修昔底德所论述的民主思想,接下来自然而然又想了解一下这些思想在历史上的践行情况。翻阅了一些历史书籍,总的感觉是:在之后相当长的历史时期,这些论述没能成为现实。

翻开中国文明史看,不知何故,《孟子》成书后,并未受到重视。《汉书·艺文志》将其放在"诸子略"中,视作子书。两汉人将其作为《论语》的"传"。到了五代时,《孟子》才被看作"经书"。到南宋时,朱熹将其编入"四书",这时《孟子》才成为儒家必读的经典。《孟子》一书中劝导君王们行王道、行仁政、以民为本,历代君王们大概是会读《孟子》的,但读是一回事,照不照办则是另一回事。中国古代一些贤明的开国皇帝在总结上一个朝代失败的教训时,会实行一些爱民恤民政策来促进社会稳定和经济发展。贞观年间,唐太宗以隋亡为戒,实行了许多以民为本的治国之策,如去奢省兵,轻徭薄赋,选用廉史,推行均田制,同时精减中央官员,减轻了老百姓的负担。这些措施使当时的唐朝"东至于海,南至于岭,皆外户不闭",出现了百废俱兴、欣欣向荣的盛况。然而在几千年的中国史上,像贞观之治这样的现象太少了。而且像唐太宗这样的开明帝王,在贞观后期也懈怠下来,动用民力修缮宫殿,而赋税和徭役又有所增加,以致唐太宗晚年四川雅安、邛州、眉州一带发生了农民起义,说明了人民对剥削的不满。孟子说过:"如欲平治天下,当今之世,舍我其谁也?"孟子是充满自信的,为什么后代的君王们对孟子的民本思想不以为然呢? 因为其"民为贵,社稷次之,君为轻"的理念是犯忌的,君王们不相信老百姓比君王和社稷更为重要的观点,就算表面接受了也不会真正去实行。其实君王们搞错了,孟子的民本思想没有超越当时政治体制所允许的范围,其还是默许君王为权力的主体。孟子的民本思想虽然讲"民为贵",但没有主张"主权在民",更没有主张把监督、罢免君王的权力赋予民众。是啊,如果主张"主权在民",《孟子》一书就会成为禁书,也不可能被树为经典,孟子本人也更不可能被尊为"亚圣"。

翻开欧洲文明史看,修昔底德所论述的雅典城邦民本思想所具备的远见卓识绝非偶然。古希腊的文明星光灿烂,涌现出"科学之父"泰勒斯,数学大师毕达哥拉斯,提出原子学说的德谟克利特,哲学大师柏拉图、亚里士多德,几何数学大师欧几里得,"物理学之父"阿基米德等。可以说现代科学是由古希腊科学引导而来的,而修昔底德所论述的民本思想只是古希腊文明大厦里的一个角落。然而,历史的脚印总是九曲连环,古希腊文明之后的欧洲经历了好几百年的"中世纪的黑暗"，王朝统治和神权淫威，将已实践过的民主束之高阁。直至 14 世纪至 16 世纪欧洲开始的文艺复兴运动，才使民主思想又活跃于民众当中，从英、法开始的资产阶级民主革命再度实践了民主体制。今天，欧洲各国大都实行了比当年雅典城邦更为完善的民主体制，但还是不完善的资本主义民主。

与古希腊文明引导的科学发展、创新不同，修昔底德充满激情地讲的民主在欧洲各国虽已普及，但实施得还不尽如人意，有的甚至发霉变味了。何以这样呢？其一，人们对政治资源和经济资源占有的不平等，导致了权力和金钱影响甚至左右民主。西方的市场经济必然带来收入的差异，也必然影响人们对政治资源的占有。利益集团占有政治资源的现状是操纵民主的土壤和条件，民选政府受利益集团控制，使其并不能代表广大人民的根本利益。其二，世界各国在交往中依旧存在强权政治，世界各国发展的不平衡，导致民主变味。发达国家民众选举的政府对外弱肉强食，其对外政策的实质是奴役不发达国家和人民。近代，英国侵略中国的鸦片战争就是当时英国民主选举所产生的国会进行决议的。至今势力范围、地缘政治和种族意识依旧盘踞西方政治家的大脑。其三，民主选举的政府不一定就是好的政府，少数服从多数的选举可能受多种因素的影响也会选出坏的政党和坏的政治人物上台。当年，德国希特勒领导的党派是通过选举在德国取得执政权力的，正是希特勒这个民选的德国总理发动了第二次世界大战。其四，民主的过程尚有见不得光的地方，在民主选举中，一些政党和政治人物机关算尽，诡计不断。在民主选举取得权力后，权力便产生腐败，绝对的权力产生绝对腐败的魔咒依然存在。

三

尽管孟子的民本思想与修昔底德所讲述的民主思想与民主体制有其历史的局限、思考的局限和实践的拷问,但读《孟子》和修昔底德的这篇短文依旧感受到渗透在字里行间的思想魅力,折服于其思想的深刻。两位古代智者的思想对今天我们践行民主应当有所启示。

启示之一,民本思想和民主思想应水乳交融,民主应以人为本。检验思想体系好坏的唯一标准是看能否维护和发展最广大人民的根本利益。孟子的民本思想讲人的价值。孟子说:"天下之本在国,国之本在家,家之本在身。"孟子引用《尚书》中的话说:"天视自我民视,天听自我民听。"意思是天用我们老百姓的眼睛来看,天用我们老百姓的耳朵来听。孟子的民本思想讲求人的物质文明,孟子讲每户人家要有五亩住宅地,有百亩农田,要使年长者吃上肉,要使人民过上温饱的生活。孟子的民本思想还讲求人的精神文明,提出仁义礼智的价值体系,要人们能达到"富贵不能淫,贫贱不能移,威武不能屈"的境界。我们要汲取孟子民本思想的精华,要把人民和人民的利益放在高于一切的位置上,想人民之所想,急人民之所急,要把发展经济保证人民安居乐业、满足人民对幸福生活的美好追求作为第一要务,要满足广大人民对精神文化生活的更高追求,不断提高全体公民的素质和修养。

启示之二,民主不是道德说教,不是官样文章,不是橡皮图章,民主是要扎实推进并得到人民的认可。在民主思想和实践中,民本是不可或缺的。民主也需要人民积极参与并切实推行。从中央到基层,要把《宪法》规定的人民当家做主落到实处。各级人民代表大会要肩负起国家和地方权力机关的应有职责。

启示之三,要通过不断改进的民主来逐步实现权力的凤凰涅槃和人的解放。人的解放包括获取应有的民本需求。孟子说:"莫如贵德而尊士,贤者在位,能者在职。国家闲暇,及是时,明其政刑。"大意是要尊崇道德,敬重有德行的人,使有德行的人处在合适的官位,使有才能的人担任一定的职务,趁着国家安宁及时修明政令刑法。孟子的这一说教对今天我们选人用人有启示:要通过民主的方式让有道德、有能力的人来掌握权力,这要形成一种制度。孟子心中的君子是理想化的德行高尚之人,而现实中君子一旦掌权就很可能口是心非,为了利益搞出一些腐败的事来,这就需要对掌权的君子进行有效的制约和监督,把权力关进制度的笼子里,让权力的运行出不了笼子。实行民本与民主不是对人民的恩赐,而是人民固有的权利和自觉的行动。修昔底德在两千年前所讲的民主就是人民主动担当的民主,民主下的人民具有满满的主人翁精神。修昔底德讲道:"当面对眼前平凡的事业的时候,他们信心坚定,充满战斗的热情,宁愿站着死,决不跪下生。他们不甘屈辱,巍然挺立,眼睛炯炯有神。自豪战胜了恐惧,死而无憾。"民主雅典造就的公民平凡而又伟大,用血肉筑成保卫国家的钢铁长城。人民普遍具备高品格、高素质,具备坚持真理正义的责任感和为国为民奉献牺牲的精神。这是战胜一切困难、粉碎一切障碍的无穷的精神力量。这不正是中华民族伟大复兴的精神动力吗?

悟　道
——《道德经》品读

　　读《道德经》，立马沉浸在老子深邃的思辨氛围之中，总感觉似懂非懂，有所悟有所不悟。《道德经》通篇论道，读《道德经》则是悟道。

　　中华传统文化重要理念之一的道，为什么是老子在《道德经》中提出并阐述的呢？其一，老子"读书破万卷"。老子自幼聪慧，求知欲极强，常缠着家人讲国家兴亡、战争成败、祭祀占卜、观星测象之类的知识。之后老子在周朝都城谋得"守藏室之史"也就是图书馆馆长的职务。老子在那里如鱼得水，如饥似渴地学习文化典籍，具备了厚积薄发的学问。其二，老子有对更高文化知识境界的不懈追求。老子的思维是灵动的，既善于把他所学的书本知识融会贯通，又善于深入探索世间万物的奥秘。在读书中思考，在思考中读书，放飞思想的翅膀，"道"的理念早已在老子的脑海里有了雏形。其三，老子不得志，激发出向深度智慧进军的决心。和绝大多数古代文化人一样，老子也有"齐家治国平天下"的志向，想治国理政。老子的博学在当时声名远播，连孔子都慕名求教。然而，尽管老子满腹经纶，朝廷却认为他只适合当图书馆馆长，做官员恐怕书生气太重。老子和孔子不一样，孔子想当官，携弟子周游列国，不断拜见各国君王，讲治国之道；而老子则清高得多，看不起那些王公大臣，对不当大官想得开，另辟蹊径来让人生出彩，那就是探求"道"这一宇宙的真谛。

道是老子《道德经》的总纲和文眼。《道德经》里的道到底是什么呢？连老子自己也认为，道是深邃奥妙的，不可能说清道明。反复读《道德经》，发现道既是无形的又是现实存在的。道有虚有实，其虚的一面是道的灵魂，其实的一面是道的肌体。

《道德经》中道的"虚"在哪里？《道德经》开宗明义论道："道可道，非常道；名可名，非常名。无名天地之始，有名万物之母。故常无欲，以观其妙；常有欲，以观其徼。此两者，同出而异名，同谓之玄，玄之又玄，众妙之门。"老子认为"道"难以用语言来表达，时而是无，时而是有，高深莫测。玄之又玄，是宇宙万物奥妙的总门。《道德经》又论道："道冲而用之或不盈，渊兮似万物之宗。挫其锐，解其纷，和其光，同其尘。湛兮似或存，吾不知谁之子，象帝之先。"老子认为道是虚而无形的，但作用无穷无尽，好似万物的主宰。它磨掉锐气，却能解脱世间纷扰；它隐蔽光芒，混同于尘俗；它隐而无形却又真实存在。老子认为道看不见、摸不着，却是宇宙万物的真谛。两千多年前的老子似乎触摸到宇宙大自然和社会发展的规律了。这个规律老子有所悟，但是又难以讲清楚、说明白，于是谓之为道。

《道德经》中道的"实"在哪里？其一在用"道"的境界辩证地看世界上的具体事物。老子认为道无中生有，虚中有实。老子所论述的道且虚且实，老子说："道生一，一生二，二生三，三生万物。万物负阴而抱阳，冲气以为和。"这是老子的宇宙生成论，"道"是无和虚的。但"道"生有和实的万物，万物背阴而向阳，和谐生成。用"道"的眼光看世界，世间万物包括人的思想认识都是有规律地变化的，是辩证相生的。老子说："天下皆知美之为美，斯恶已；皆知善之为善，斯不善已。

故有无相生，难易相成，长短相较，高下相倾，音声相和，前后相随。"老子还说："祸兮福之所倚，福兮祸之所伏。孰知其极？其无正？正复为奇，善复为妖，人之迷，其日固久。"从《道德经》中可以看出世间万物对立统一、循环运动、相互转化的规律。两千多年前的老子有这样的认识，堪称大智，其使中国古典哲学站在世界一流的高度。

其二《道德经》中的"实"体现在用"道"来指导人的社会生活，"无为而治而达有为"。老子生活的年代是春秋末年，各国征战不断，人民生活困苦。老子把对当时租税之繁、禁令之多的批判，与"人法地，地法天，天法道，道法自然"的天道自然观结合起来，提出"圣人处无为之事，行不言之教"，"无为而无不为"的政治主张。老子认为统治者治国理政的败坏之源是"有为"，"其政闷闷，其民敦敦，其政察察，其民缺缺"，应当"以辅万物之自然，而不敢为"，"为者败之，执者失之，是以圣人无为，故无败，无执，故无失"。老子劝告统治者要顺应自然，不可强行妄为。"无为"是"道"在治国理政上的落实，"以无事取天下"，"我无事民自富"。如此，无事则不扰，不扰则人各安其居，乐其业，这样就达到了"治大国若烹小鲜"的境界，达到"小国寡民"，"甘其食，美其服，安其居，乐其俗。邻国相望，鸡犬之声相闻，民至老死不相往来"的境界。从这些论述中可以看出，老子的"无为"是治国方略，"无为"是达到"有为"的途径，"无为"才能"有为"，以退为进，大业可成。

读《道德经》，能悟出什么呢？两千多年前的老子追寻的"道"，就是追寻自然和社会发展的客观规律。当然，老子的"道"有些混沌，若隐若现，不可能准确地给宇宙把脉。而今天，马克思主义的辩证唯物主义和历史唯物主义，就是论述自然和人类社会发展的客观规律。我们共产党人心中要有这个"道"，要坚守这个"道"，要与时俱进地发展这个"道"，就能无往而不胜。两千多年前的老子就能运用朴素的辩证法来论述世界、处理事务，我们今天如果学习和运用好马克思主义的唯物辩证法，有自知之明，有自信心，有继往开来的实干精神，什么样的困难不能克服，什么样的堡垒不能攻破呢？两千多年前的老子心中有"道"，用"无为"而达"有为"。老子的"无为"理念代表中国人的智慧和自信，我们今天要发展"无为"的理念，以更广泛的"无为"而达到更深刻的"有为"。中国改革开放永远在途中，中华民族将行进在世界发展和进步的前列。

慎　独

《中庸》开篇有这么一句话:"道也者,不可须臾离也,可离非常也。是故君子戒慎乎其所不睹,恐惧乎其所不闻。莫见乎隐,莫显乎微,故君子慎其独也。"这段话的大意是:按规矩办事叫道,道是片刻不可离开的,如果离开规矩那就不叫道了。因此,君子在没人的地方也要守规矩,也要谨慎,在没人的地方也要戒惧。不要认为你做了不守规矩的事情很隐蔽,越是细微的事情越是容易显现,君子在单独面对各种诱惑时也要谨慎,也要按规矩、按道德规范办。《中庸》是儒家经典,中庸之道是儒家顶礼膜拜的道德规范。慎独则是《中庸》提出的道德规范之一。慎独要求正人君子不论居庙堂之高还是处江湖之远,即使不面对别人去表述、去演讲、去著述,即使是独处时放飞心灵,在内心深处也要谨慎,也要遵循"道"。

孔子说:"中庸其至矣乎!民鲜能久矣!"意思是中庸是至高的德行,民众很少能够做到,这种状况已经很久了。孔子还说:"人皆曰予知,驱而纳诸罟擭陷阱之中,而莫之知辟也。"意思是人人都说自己聪明,但在利欲的驱使下,他们都像禽兽那样落入捕网木笼的陷阱中,却不知如何躲避。孔子担心人们做不到慎独是深思熟虑的,因为他深知学富五车的君子在利欲的诱惑下也会当面一套、背后一套。孔子的担心已经被历史证实。历朝历代通过科举考试中进士的读书人都是饱读诗书的,对"四书五经"烂熟于心,对中庸之道里的慎独了如指掌,但未能真正做到。一些读书人当了官以后,除了按朝廷颁布的规则办事,拿朝廷的俸禄以外,又按官场上实际存在的一些潜规则,用诸如瞒天过海、暗度陈仓、偷梁换柱等手法去寻租权力,为进一步的升迁聚积资本。

在别人看不见、不知道的情况下也能正气在胸,明辨是非,经受起诱惑,那才叫慎独。如何做到慎独呢?孔子在《中庸》里有间接的回答。孔子说:"好学近乎知,力行近乎仁,知耻近乎勇。知斯三者,则知所以修身;知所以修身,则知所以治人;知所以治人,则知所以治天下国家矣。"《中庸》的读者是中国历代的读书人,读书人的人生追求是当官。孔子的这段话是讲给已经当了官的和努力想当官的读书人听的,要求大家爱好学习,努力干事,知道羞耻。懂得这三条,力行这三条,就能修身养性,就能指导别人,就能治理地方和国家。历代的清官廉吏,比如唐初面对帝王敢于直言相谏的魏征;宋代不畏权贵,敢于公平公正执法的包拯;清代一身正气、两袖清风、勤政廉政的于成龙,都努力遵循孔子所讲的这三条。今天的国家公务人员,国企的各级管理者,在一个人独处静下来的时候,要扪心自问如何做到这三条:其一,爱好学习接近知。要不断掌握必要的现代科技文化知识,把看书学习作为毕生的首要爱好,用业余时间读读经典原著,读读与工作相关的报刊,提高人文素养和业务素养;要善于琢磨和研究,工作中的有关课题,不要利用电脑摘抄别人的东西,拾别人的牙慧。爱读书爱学习爱研究,工作才能正气升腾,业余时间泡于灯红酒绿中及时行乐,早晚会出事。其二,努力干实事、干好事接近仁。要想着为官一任,造福一方;要有强烈的自尊心和责任感,一心在本职工作上干出佳绩。仁者爱人,从政者的仁就是倾心尽力、披肝沥胆地为广大民众办实事、办好事。百姓心中一杆秤,你全心全意为人民服务,群众自会认可你是仁者。你在工作时间埋头工作,工作之余还想着工作,执着的信念加上强烈的事业心,你就接近仁了,也接近慎独了。其三,知道羞耻的人接近勇。从政者要"吾日三省吾身"。对于掌握权力的人来说,工作中和生活中的诱惑太多了:递上一张卡说"天知、地知、你知、我知",是铁杆兄弟;"你工作的弦绷得太紧会断的,去放松一下吧",飘然而来的佳丽向你递上会心的微笑……而对这些你要在一个人独处的时候谨慎地想一想,想一想你信仰的主义,想一想你入党时的宣誓,想一想你在民主生活会上的告白,想一想你周围贪官伏法的教训。你守得住底线就是勇,就是慎独了。

《中庸》说:"知、仁、勇三者,天下之达德也……"今天的读书人和从政者能够做到这三条,在静下来时用这三条对照自身的言行,就可以说做到慎独了。慎独作为《中庸》开宗明义论述的理念,是不容易达到的境界。人的思想行为与生俱来有着美与丑、善与恶的缠斗和交织,追求真善美、抵御假丑恶的妙方就是慎独。人人都能做到慎独,就是天下大治了,就是人从独立王国走向自由王国了。

周而不比

　　人是社会人,必须相互联系才能生存发展。人们应当怎样相互联系呢? 孔子说过一句很经典的话:"君子周而不比,小人比而不周。"意思是君子团结周围人但不互相勾结,小人互相勾结却不讲凝聚人心的道义。孔子认为人与人之间的"结"有两类,一类是团结,一类是勾结。孔子要求君子"周而不比",不要"比而不周",用现代的话来说就是要团结不要勾结。

　　都是结,团结与勾结的区别在哪里呢?

　　团结讲道义,勾结讲哥们义气。团结所讲道义中的道是什么?《中庸》说:"率性之谓道。"意思是按照上天赋予的美德来做事叫道。义是奉献自身利益为社会、为他人办好事。道义是儒家的道德规范,是君子团结的思想基础。勾结所讲的义气是什么? 这里的义气是狭隘的义气,只为小集团小圈子的人谋利益。历史上有典型的例子:南宋时期,岳飞团结一批抗金将士组成岳家军浴血奋战,收复失地,一路大破金兵,即将迎来全面的胜利。而就在这一关键时刻,南宋皇帝赵构害怕岳飞真的彻底打败金兵,把原先的太上皇和皇帝给救回来,有可能使他这个皇帝做不成,于是暗示或默许秦桧、万俟卨等大臣以莫须有的罪名将岳飞治死。岳飞等抗金勇士是团结奋战的典范,秦桧等人是勾结的典范。人心崇尚团结而耻于勾结。在杭州的岳飞陵墓世代受到人们的敬仰，而跪在墓前的奸臣的铁塑像，世代遭人唾骂。

团结讲公开，勾结讲隐蔽。团结者的主张和所作所为是开诚布公、光明正大的，没什么可以隐瞒的，可以放在阳光下、空气里、桌面上供人们横挑鼻子竖挑眼。《中庸》说："诚者，天之道也；诚之者，人之道也……诚之者，择善而固执之者也。"意思是，诚是天人共有的原则，努力做到真诚的人，就是选择善的目标执着追求的人。勾结者只为自己的利益，不能公开这一点，因而不能在人们面前讲真话。他们要乔装打扮、伪装自己，满嘴仁义道德，满肚男盗女娼。中国儒家学说讲开诚布公，以德为先，其主张主要体现在"四书五经"中。马克思和恩格斯的理论见诸《共产党宣言》和《资本论》等经典中，公开要求全世界无产者联合起来，为人类的发展和解放而奋斗。这是最高境界的团结。而第二次世界大战初期的德意日轴心集团充分诠释了勾结。希特勒提出"建立民主政治的典范"，"不要在恶势力下胆怯，在危险中懦弱"。日本提出要使亚洲摆脱西方列强的奴役，建立"大东亚共荣圈"。而轴心国实际干了些什么呢？它们肆意侵略别国，使几千万人倒在血泊中。与轴心国对抗的世界反法西斯统一战线则是团结的典范。

团结讲真诚，勾结讲虚假。团结是在正义旗帜下光明磊落的团结，团队里的人们因心灵的共鸣才有心灵的默契，有心灵的默契才能凝聚起团结的力量。这一切源于团队成员的肝胆相照。团结并不是一言堂，只有一种声音。团结要求大家以诚为本，可以有不同看法，有意见开诚布公地讲。马克思和恩格斯经常因对问题的见解不同而争得面红耳赤，但他们的赤子之心始终是相通的。团结有时是和而不同,但这个和是真诚的、阳光的,能够彼此包容。勾结也有真诚,但这个真诚只局限于小集团的内部。勾结损害社会和他人的利益,说的和做的不一样,是假仁假义,为了一己私利,常常颠倒黑白,混淆是非,不择手段。尽管勾结者乔装打扮,涂脂抹粉,但假的就是假的,为私欲就是为私欲,勾结就是勾结。

团结有大圈子,勾结只有小圈子,因为团结的目标是实现和维护广大人民和公共的利益,勾结的目标只是获取小集团和小圈子的利益。中国共产党人不仅讲党内团结,还讲团结一切可以团结的力量的统一战线。20 世纪 30 年代末,在日本蚕食中国的民族存亡之际,中国共产党倡导并领导了抗日民族统一战线,和日本侵略者展开了持久战,粉碎了日军迅速占领中国的痴心妄想。而国民党内部的汪精卫集团,为了争权夺利,竟匍匐在日本侵略者的脚下,组织了傀儡政府,干起了汉奸的勾当。今天中国共产党团结和带领全国各族人民、社会各个阶层,为实现中华民族伟大复兴的中国梦而努力奋斗。而在台湾,还有一股分裂中国的"台独"分裂势力,他们或明或暗地勾结一起,想借国际反华势力,阻挡中国的统一和富强。

孔子所讲的"周而不比"有历史意义,更有现实意义。今天中国的主旋律是团结向上的,但时不时尚有杂音,人与人勾结的现象时有发生。在城乡各地,总有一些人横行乡里,欺行霸市,获取不正当的权益,甚至勾结起来组成黑社会性质的小团体,向社会公平正义挑战。在城乡各地,还有一些团伙进行诈骗活动,搞非法集资,向人们推销假冒伪劣产品。特别是网络电信诈骗花样翻新,无所不用其极。对于这些不良现象如何治理呢? 还是老祖宗的办法——周而不比,反对和制止比而不周的行为。周而不比要成为整个社会自觉遵循的道德规范，比而不周的行为要成为过街老鼠——人人喊打。我们的社会多了团结少了勾结，政治风气和社会风气就会向好的方向转化。我们的世界要讲周而不比，摒弃比而不周，各国人民就能求同存异，和平包容，同舟共济，组成人类命运的共同体，那么人类就会共同迈向美好的明天。

和

　　世间存在着万物并育并存又相斥相斗的两种状态。和就是在同一个时间和空间万物相生并存。汉字"和"从禾从口,本意是人们都忙着种庄稼而不动干戈,因而有口饭吃。和是中国人向往的一种生活状态。中国文化在形成之初就追崇和每个人的生活息息相关的万物共生相谐、天人合一的理念。"四书五经"中有许多关于和的阐述。《周易》倡导"执中而尚和",在开篇的《乾卦》中写道:"乾道变化,各正性命。保合太和乃利贞,首出庶物,万国咸宁。"大意是天下万物的正道是保全太和之气,这样才能得到稳定和安宁。《中庸》在开篇的第一段中写道:"喜怒哀乐之未发,谓之中;发而皆中节,谓之和。中也者,天下之大本也;和也者,天下之达道也。致中和,天地位焉,万物育焉。"大意是人的情绪和行为没有表现出来的时候称为中,表现出来并符合节度称为和,中和是很高的境界,达到中和的境界,天地安宁、万物生长。《论语》在《学而》篇中写道:"有子曰:'礼之用,和为贵。先王之道,斯为美,小大由之。有所不行,知和而和,不以礼节之,亦不可行也。'"这段话的大意是礼的运用以和为贵,前代君王的治国方略就可贵在这里。不论大事小事都要讲究和,但和要用礼来进行节制,否则不可行。

　　和是中国文化的核心内涵之一,和的理念是中华民族的共识。中国人无论居庙堂之高还是处江湖之远都以和为贵，无论是治国理政还是处世治家都以和为先，就连治病的药方也是由数种药材"和"为一体的。中国文化对和的阐释至少有以下几方面：一是"太和"。中国哲学追求天人合一、万物相融、众生和睦的太和境界，追求世间一切矛盾在交织变化中最终向和的方向转化。"至哉坤元！万物资生，乃顺承天。坤厚载物，德合天疆。含弘光大，品物咸亨。"《周易》的字里行间渗透着这种理念。古代帝王在经过征战登上龙庭后，就祈愿太和。北京故宫的三大殿是太和殿、中和殿、保和殿。二是"仁和"。中国儒家学说的核心是仁，仁者爱人，仁在日常人际关系中的体现就是和。在家庭亲人间的和是家和万事兴，在社会上人们相帮相让、相互扶持是以和为贵，在工商贸易上组成公平交易的产业链是和气生财，在官场上上下一心是政通人和。总之，仁体和用，有仁爱才有真正的和谐。三是和顺。无顺不能和。世间万物由众多矛盾组成，不是说和就能和的，有时要变，有时要疏，有时要斗才能和。这里的变、疏、斗其实是达到和的手段，可以统称为顺。顺就是要因势利导、消除障碍，顺就是攻坚克难去啃硬骨头。和需要安顺。以家和为例，亲人们也有说不清道不明、扯不断理还乱的利益冲突。家的和顺既要以理以德服人，又要谦让容忍，家的和顺需要亲情，更需要德行修养。四是和善，无善不能和。人要有善心，多做善事，互为善才能和。人要善待别人，相互善待才能构建和谐社会。五是和生。无和不能生，世间万物都是矛盾的、竞争的、排斥的，但又是共存共生共荣的，这就需要和生。天地万物并育共存是大自然的规律，也是和生理念的依据。由地球人组成的各个国家、民族无论大小强弱都要和生,不能以强凌弱、以大欺小,搞零和博弈,要组成共同生存和发展的命运共同体,这就是和生。

和的理念作为中国传统文化的精华,需要在实现中华民族伟大复兴的征程中发扬光大。其一,要把和的理念根植于人心,形成崇和的社会文化氛围和良好的风气。和是中国人生生不息、代代相传的文化基因之一,中国传统文化经典中对和推崇备至。然而人们在社会生活中多以个人利益为重,把和讲在嘴上,并不付诸行动,内心太多侧重于争权夺利,太多以自我为中心。现在大家的温饱问题解决了,生存问题解决了,社会有了讲究道德的条件,有了建立和谐社会的条件,因此要大力宣传,用仁和与和善架起人与人之间沟通的桥梁,只要人人都献出一点爱,世界就变成美好的家园。其二,要努力在中国建设和谐社会。几十年的改革开放带来了经济的繁荣和国力的日趋强盛,然而改革是权力和利益的再分配,改革使社会充满活力,也使社会出现了贫富差距拉大的情况。改革不能因噎废食,要继续把蛋糕越做越大,让弱势群体共享改革的成果。与此同时,要在地尽其力的同时人尽其才,给更多的人出彩的机会,让三万六千行,行行出状元,努力为社会做出贡献,而不是不劳而获。大家在人生竞赛的舞台上互喊加油,你追我赶,一个也不落下,这才是真正的和谐社会。其三,要在全世界宣传中国关于和的理念,努力促进整个人类的和平发展。和是中华文化的精髓,中国历来以和治天下、立天下,中国的发展只能是和平崛起。然而世界充满变数,多极化与霸权主义的矛盾,文化多样化与追求单一民主模式的矛盾,经济全球化与本国第一的矛盾,还有在地缘政治上互不相让的矛盾都有可能引发大范围的动乱和战争。中国作为新兴大国，要高举和的大旗，倡导"仇必和而解"，阐述和则双赢、斗则双输。在维护人类和平事业中，既要有盾也要有矛，既要有经济互助，又要用和的理念泽润世界。

和而不同

"和"与"同"是中国春秋时期流行的两种不同的文化观。"和"主张兼容相异,通过努力使相异达到平衡相容;"同"指认可相同的事物和道理,排斥不同的事物和道理。当时儒家学说的创始人孔子主张"和",用"君子和而不同,小人同而不和"的主张,让"和"的理念达到一个新的高度,是润物细无声地终结"和""同"争议的神来之笔。

和而不同是大智慧,闪烁洞悉幽暗的哲学之光。从宇宙和世界的规律来看,天包环宇,地容万物,海纳百川,宇宙不同,世界不同,万物不同。和包容相异,包容不同,否则宇宙和世界就要毁灭。"和而不同"蕴含着朴素的辩证法。"同"是一厢情愿,自欺欺人;"不同"是世界的本来面目。"和而不同"顺应了宇宙和世界的生存发展规律。"和"就是让"不同"在一个变化和发展的统一体中共处共生共谐。有"不同"才有"和","和"是"不同"的有机组合。"不同"在相斗相斥中适者生存,优胜劣汰,在相生相长中达到新的境界。"不同"走向"和"的过程是事物发展的动力。"和而不同"能包容差异和个性,有机地使相克变为相和,达到美好的境界。

和而不同是人类历史发展的一条重要规律。人类由不同发源地、不同种族、不同肤色、不同信仰的人组成。有记载的人类历史中,四大文明古国有着不同的文化起源和文明成就。人类的和而不同始终在路上。人类社会历史发展是由乱（不同）到治（和）的循环往复的螺旋式的发展，从原始社会、奴隶社会、封建社会、资本主义社会到社会主义社会，就是层次不断提升的和而不同。人类社会从以铁犁牛耕为代表的农业文明到以蒸汽机为代表的工业文明再到以计算机为代表的信息文明，正是和而不同成了进步和发展的原动力，使得科技水平一日千里地提高。

和而不同是中国文化钻石般的结晶。在世界诸多古文明中，唯独中华文明源远流长，没有中断。其中一个重要原因就是中华文明能够做到和而不同。早在春秋战国时期，中华文明就能"百花齐放，百家争鸣"，既有儒家、道家，同时也容纳墨家、法家、兵家、易家等各种不同的学说。中华文明的和，有儒家的"仁义礼智信"，有道家的"无为而治"，有墨家的"兼爱非攻"，有法家的"刑名法术之学"，等等，它是古代中国智慧的结晶，是中华民族的思想力量。中华文明的和而不同像一个巨大的熔炉，使中华民族一家亲，可以兼容并包其他不同文化。尽管几千年来中国王朝不断更替，其中就有少数民族统治中国，但中华文明始终是这块土地上人的精神支柱。

和而不同是美好的境界。费孝通先生所讲的"各美其美，美人其美，美美与共，世界大同"，是对和而不同精神的高度概括。和而不同是美的集合。和有宽阔的胸怀，容纳鸢飞鱼跃，百花争妍。和是海，流入海的河川是不同。不同是创意的源泉，是新美的萌芽，和而不同是集合不同美的大同。中国的改革开放为何取得举世瞩目的成就，就是中国特色社会主义能和而不同，学习世界上先进科学技术、先进市场经济方略，让各种不同的美竞相绽放，才使得中华民族伟大复兴的曙光初现。

和而不同的关键词有两个。一个是和。和应是繁荣共生、一派生机、欣欣向荣的和，不是勉强共存的和，更要防止冷和、浅和及委曲求全的和。和不应是和稀泥，和一定要合乎人心人意，是大多数人乐于接受和向往的境界。另一关键词是不同。这里的不同是差异和个性，不是水火不容，不能容纳丑恶和腐败，不能无原则地妥协。

和而不同的理念在新时代仍然具有超凡的魅力。如果说当年孔子提出和而不同的理念只是一个良好的愿望，那么今天中国宣示和而不同已经底气十足。今天的在哪里？在万众一心来实现中国梦上。改革凝聚的实力和自信是和的定海神针，没有实力和自信的和是天方夜谭。今天的不同是什么？是"八仙过海，各显神通"，是千帆竞发，龙腾虎跃。今天的和而不同的目标是什么？国际上是在和平发展的目标下，允许治理方式和发展模式的不同，求同存异，互惠互利，共同发展，形成人类命运的共同体；国内是在共同发展、共同富裕的大原则下，调动社会各阶层的主动性和创造性，一起前进，兼顾各方，平衡利益，公平正义，使社会更加和谐。今天，我们每一个人都要做国家之和、民族之和的一个能动的不同，把追求自身的事业、自身的创造、自身的美好同国家的振兴、发展紧密联在一起，那么每一个不同的能量就能凝聚成排山倒海、无坚不摧的伟大力量。

恕

一

"恕"是什么？恕是两千多年前中国先哲提出的人与人相处的道德理想和道德规范。《论语》记载："子贡问曰：'有一言而可以终身行之者乎？'子曰：'其恕乎！己所不欲，勿施于人。'"《中庸》说："忠恕违道不远。"恕大致有三层意思。其一，人心彼此相通，你的心如同我的心，人应当将心比心，以心换心。其二，己所不欲，勿施于人。人要换位思考，站在别人的角度看问题、处理问题，自己不愿意做的事情，不要强迫或要求别人去做。其三，宽恕。人要有胸怀，在相处中对别人的过错宽宏大度，不斤斤计较，要与人为善。中国文化认为"恕"是人一辈子应当努力践行的道德。

在西方文明的道德理念中也讲"恕"。《圣经》中有许多关于恕的讲述。关于人心互通、将心比心，《圣经》里说："像那不可奸淫、不可杀人、不可偷盗、不可贪婪，或有别的诫命，都包括在爱人如己这句话之内的。爱是不加害于人的。"关于"己所不欲，勿施于人"，《圣经》里说："你愿意别人怎样待你，你也要怎样对待别人。""不以舌头逸谤人，不恶待朋友，也不毁谤邻里。"关于宽恕，《圣经》里说："宽恕别人的过去，便是自己的荣耀。"西方文明倡导的"自由、平等、博爱"都与"恕"有关。基督教义中充满了"恕"。

"恕"是人与人相处的理想境界，"恕"是人类对人性的美好期许。在人际交往中领悟了"恕"，践行了"恕"，其精神就处在很高的境界中。

二

历史上，人与人之间"恕"了吗？

东西方的文化经典都推崇"恕"，然而崇拜经典、饱读经典的人只把"恕"写在纸上、讲在嘴上，行为却与其背道而驰。何以如此？这源于人的天性和利己的需求。人性是难以言表的复杂。人之初，性本善。人与生俱来有赤诚和善良的一面，从母亲的哺乳中就开始学习给予。在没有记载的历史中，芸芸众生每时每刻都在演绎着邻里友善、扶困济危、相互帮助的故事。在有记载的历史中，也有廉颇和蔺相如为国家大义而"将相和"的故事。有从宋代、明代到清代七个版本的"三尺巷"故事，那些朝廷大官在处理自家与他人宅基地纠纷时，表现出了"恕"。"千里修书只为墙，让他三尺又何妨？长城万里今犹在，不见当年秦始皇。"人也是生物，物竞天择，争强好胜。在历史上，人与人之间不做铁锤，就做铁砧，有记载的人类历史就是一部权力和利益的争斗史。帝王为夺取江山驱使千百万人刀枪相见，血流成河。书生们发几句牢骚，秦始皇便焚书坑儒。李自成曾以拯救天下苍生为己任，带领穷苦百姓打天下，有着"迎闯王，盼闯王，闯王来了，不纳粮"的好名声。然而有了权势却悄然变了，进了北京后开始了占领者的清场，瓜分原先王公贵族的资产和女人。近代西方国家的一些基督教徒，一边在国内倡导民主、仁慈与博爱，一边用枪炮去开拓殖民地、屠杀反抗的人。人类的良知呼唤"恕"的践行。

三

现实中，人与人之间"恕"了吗？

和历史比较，今天的社会进步是显而易见的，物质文明推动精神文明，人与人之间逐渐"恕"了起来。党和国家提倡和谐社会，社会主义核心价值观中的民主、和谐、平等、自由、公正、法治、诚信、友善等都是"恕"这一道德理念的内涵和外延。毫不利己、专门利人的雷锋精神代代相传，从中央到县（市）电视台每年都评选大量助人为乐的新时代的楷模。他们中许多人的事迹感人至深。新疆一位少数民族妈妈一个人一辈子抚养了几十名不同民族的孤儿，给他们以母亲般的温暖，倾心尽力把他们培育成社会的有用人才。她对他人的仁爱之心可昭日月。今天的中国人的"恕"温暖社会，启迪人心，昭示未来。

然而，"恕"成为处理人与人关系的主旋律尚有许多杂音。人与生俱来的利己天性使人不讲"恕"，社会上损害国家和他人利益的犯罪行为还时有发生。如电信诈骗五花八门，用软硬兼施的方式柔性骗钱。搞电信诈骗的往往是高学历、高智商的年轻人，看起来文质彬彬却专门利己，一心坑别人。一些人的家庭教育使人难以讲"恕"，比如家长们在孩子面前口无遮拦，总是不经意地讲亲朋同事的坏话，有时甚至气愤地骂出声来。家长们大都经常告诫孩子要防范他人，这是必要的，但过度的防范可能使孩子失去对他人的信任感。家庭熏陶对孩子道德取向的影响是很大的。

四

进入新时代，"恕"的理念要与时俱进。

"恕"需要整个社会提高道德水平和人文素质，需要社会风气的根本好转。社会呈现公正、诚信、清明的氛围，人们将发自内心地讲信修睦，人人为我，我为人人，人文素质在潜移默化中水涨船高，"恕"才能从纸上走向生活。

今天的"恕"要强调人与人之间相处有法律、道德、美美与共多个层面。在法律面前人人平等，公民权利人人一样，无论上下尊卑都应尊重人格。公民具有人身权、生存权和发展权等基本人权。这样，人的能量才能得以充分释放，人与人之间的"恕"才能水到渠成。

"恕"要包容不同，求大同存小异。这是更高境界的将心比心，以心换心。有海纳百川的包容，才有五彩缤纷的美丽。

"恕"要柔中带刚。"恕"是双方的，要相互回应和融会贯通。不要当面一套、背后一套，今天一套、明天一套的假"恕"。"恕"要有底线，越过底线，就要兵来将挡，水来土掩。

进入新时代，"恕"的践行正当其时。"恕"是传统美德，更是人间正道。在人心上根植于社会主义核心价值观，提高人民特别是青少年的人文素质，形成良好的社会风尚就是讲"恕"。用雷霆万钧而又持久开展的反腐败来赢得风清气正,赢得社会生态向好就是讲"恕"。完善全社会的社会保障体系,谋求共同富裕、共同发展,让绝大多数人有尊严地生活就是讲"恕"。

"恕"是中国先哲的美好期许,我们要通过辛勤的浇灌,让今天中国的"恕"花盛开。

话　仁

——重塑五常德之一

人与人相亲相和即为仁。孔子说："里仁为美。"就是说要把仁作为最完美的道德品质。孟子说："恻隐之心,仁之端也。"认为仁者要有不忍之心、怜悯之心。历代大儒对仁不断阐释,致使仁包含了敬、忠、孝、宽、惠等诸多德行,成了儒家所追求的理想人格。然而,自古以来,儒家的仁有两个缺憾。一个缺憾是自汉代"罢黜百家,独尊儒术"以来,董仲舒所提倡的三纲,即"君为臣纲、父为子纲、夫为妻纲",就像个大囚笼,仁居其间,仁不像仁。历史上一个个政权都是由成千上万战死者的尸骨垒成的,君王为了夺取政权、巩固政权是杀人不眨眼的。而一些虽饱读诗书却趋炎附势的儒者,为金榜题名、升官发财,给君王歌功颂德,贴上仁的标签。提出独尊儒术的汉武帝晚年则用方士和神巫的歪门邪道治病,听信了太子要造反的谗言,杀死了皇后、太子和孙子。为了权力,历史上父子相残的例子太多了。"夫为妻纲"则是撕裂人性,更使"仁"难堪。不久前笔者到苏北某小镇游览,在历史陈列室看到清末卖妻文本的真迹,县府官员居然是买卖双方的公证人,而该文本赫然盖着县衙门的方形大印。另一缺憾是《礼记》《中庸》所讲的"仁者,人也,亲亲为大",历史上儒家之仁在讲究个人道德修养的同时,也注重以自我为圆心。为什么历史和现实中不少人讲仁只涉及家族、利益集团和亲朋圈子,除此之外,则很冷漠,不以不仁为耻。"泛爱众而亲仁"只是说说而已,这是对仁本来意义的扭曲。

进入新时代,作为中国传统道德核心的"仁者,人也"的理念应有新的内涵。其一,"仁者,人也"的人不是两个人而是绝大多数人的集合。仁最重要的内涵是民主精神,仁政不是简单地为人民群众办实事、办好事,是形成了人民当家做主的政治体制和机制并有效运作。其二,"仁者,人也"的人是在法律、政治和社会生活中人人平等的人。仁政是社会公平正义,人人有尊严,共同享受社会发展的成果。那些或升了官或发了财就头昂得老高、喘气粗起来的人,那些在上级面前唯唯诺诺、殷勤备至的人缺乏仁的道德理念。其三,"仁者,人也"的人是充分享有学习、教育权利的人,能充分实现人生价值的人。社会为人的发展提供公平、公正、公开的广阔舞台,使人民能够充分发挥聪明才智和特长,释放人生能量,演绎精彩人生。其四,"仁者,人也"的人是讲大爱和兼爱的人。大爱以国家和民族利益为出发点,兼爱是不论亲疏都要做到"我为人人,人人为我",人人相互关爱关照,融洽相处,扶弱济困,用仁的修行架设人与人之间心灵信任和理解的桥梁,以此增强民族的向心力和凝聚力。

话　义

——重塑五常德之二

　　"义"的拆字是"人"字出头加一点,意思是别人有困难时能舍能帮,为人仗义。孟子说"羞恶之心,义之端也"。辨善恶,知羞耻,敢于和丑恶斗争就是义的萌芽。

　　历史上"义"常被扭曲变形。从忠君之义看,南北朝北齐皇帝高洋胡作非为,肆行暴虐。有一天他在街市行走时,问一行路妇女:"当今天子如何?"妇女回答:"癫癫痴痴,何成天子!"他听后当街杀死此女。高洋把人视若草芥,对其最亲信的宰相杨愔也曾用马鞭狠抽背部,用刀划小腹,还曾把其塞入棺中,装上灵车。而杨愔讲忠君之义,兢兢业业履行职责,形成了"主昏于上,政清于下"的政风。这种愚忠使义黯然失色。从孝之义来看,唐代文学家柳宗元写的《寿州安丰县孝门铭》,讲寿县的一个小官吏李兴为医治父亲的病,因需要人肉,于是就从自己的左大腿上割下三块肉烧汤给父亲喝。中国古代这样的事例还有很多。从现代医学来看,把人肉作为一味药是愚昧可笑的。从现代伦理学来看,人的身体是不可残害的,父与子虽有血缘关系也应讲孝道,但从根本上说,父与子还是平等的亲人关系。从贞节之义看,中国古代的县志,记载过已定亲女性因未婚夫死亡而自尽的事,记载过自我砍掉被丈夫以外异性摸过的手之类的"义举"。这种男性可三妻四妾而女性则应贞节的义违背了起码的人性。从帮派之义上看,在各种帮会内,甚至在经常杀人越货的土匪之间特别讲为朋友两肋插刀之类的义,然而他们对对手从未有过怜悯之心。

　　义在新时代应当有新的说法、新的内容。其一,愿为国家和民族出头的爱国精神为大义。国家遭遇侵略欺凌时,能不能人心凝聚,同仇敌忾,众志成城? 是不是有人对国家民族的前途和命运信心不足? 一个人是否义,爱国是试金石。其二,讲真理有良知,敢于和社会丑恶现象做斗争为正义。几年前,江西卫视《金牌调解》节目曾报道这样一件事:某村民举报本村干部腐败,司法机关将腐败分子绳之以法。从此,这个村民无法在村里生活了,他经常被别人打得遍体鳞伤,到派出所报案却不了了之,连父亲也被迫与他断绝父子关系,他只能选择举家外迁,连春节都不能回去。这样的社会氛围,人的良知和节义哪里去了? 这是一种可怕的社会现象,人心在只有利益、没有是非的酱缸里浸泡得太久了。义就是要树正气,辨善恶,知羞耻,重塑中国人的赤子之心。其三,对外帮助别人,对内爱父母、爱妻子丈夫、爱儿女是仁义;乐于助人,为他人慷慨解囊是平凡而又伟大的奉献,也是精神升华。仁义反映人的品格和德行修养,也体现人生真谛。最近电视台播放的"最美乡村教师""最美孝心少年"的故事,无不闪烁仁义的光辉,温暖了整个社会。大义、正义和仁义三者是天然一体、水乳交融的品德,是我们民族精神的瑰宝。

话　礼

——重塑五常德之三

　　古代先哲认为人达到高尚道德境界的途径是礼。孔子说过："非礼勿视，非礼勿听，非礼勿言，非礼勿动。"礼主要有两层意思：一层是"礼者，示人以曲也"。孟子说："恭敬之心，礼也。"为人处世要敬让他人，讲礼仪、礼貌、礼节。另一层是"礼者，理也"，人要守规矩、讲道理，能够节制、约束、规范自己。礼的这两层意思均是理想人格中的点睛之笔。然而，在现实舞台上上演的礼往往已经不是其本来面目了，"恭敬之心"被人的欲望给滥用了。蒙学经典《三字经》《弟子规》以道德先生的面孔要求幼敬长、下敬上、卑敬尊，而长者、上者、尊者如何做，一句未讲。家长对孩子的教育一般也是这样。这就造成长者、上者、尊者做了不太好的事，幼者、下者、卑者也得跟着学、跟着做，似乎这样才算"礼"。作为"恭敬之心"的礼在社会生活中渐渐被物质化为礼金、礼物，约定俗成为幼敬长、下敬上、卑敬尊，并成了人们社会交往的主要润滑剂。"恭敬之心"的滥用会使整个社会风尚慢性中毒，逢年过节幼对长、下对上奉上礼金礼物是理所应当的，不这样做就是"外星人"，就是没有家教，就是不想进步，就是不懂规矩。"礼者，理也"的"理"作为规矩高尚而神圣，却因人而异，正所谓"刑不上大夫，礼不下庶人"。当今社会，确有一些把理作为口头禅的官员，将党纪国法当作手电筒，只照别人，不照自己，对下级的错误义正词严，刀刀见血，讲起道理来也是鞭辟入里，私下里却暗度陈仓，权力寻租。此类人往往能游刃有余地化解风险，金蝉脱壳。

　　其实新时代所倡导的礼还是"恭敬之心"和"礼者，理也"，我们当然需要去伪存真并与时俱进。"恭敬之心"是人格平等基础上的相敬相亲，是为人处世的礼貌。礼节是内心深处对他人的敬让之心。社会各阶层的人们不论上下尊卑都应相互敬让、相互帮助、相互理解，要关爱弱势群体，平衡利益，共赢尊严。"恭敬之心"的形成需要修身养性，"克己复礼"。宋代大儒朱熹说："克，是克去己私。己私既克，天理自复。譬如尘垢既去，则镜自明；瓦砾既扫，则室自清。"又说，"天理人欲，相为消长。克得人欲，乃能复礼。"在现实生活中，有太多的诱惑、太多的温柔陷阱。人们与生俱来的对金钱、权力的追求欲使人们一不小心就会出格。人们对既得利益的不当维护就失去了与他人平衡利益的"恭敬之心"。这就需要用"恭敬之心"对其人生行为进行节制，若人人都有这种节制，那将对国人灵魂的重塑起到"润物细无声"的作用。"礼者，理也"的礼就是人要努力做到自觉遵循法律规范，在法律和规范面前人人平等，不管是谁触犯法律和规范都一视同仁受到应有的惩罚，铲除权力寻租和司法腐败的土壤。过去，因人治的理念和实践使礼不成礼，而今，应以法治的理念和实践使礼深入人心，这将使中华民族成为真正意义上的礼仪之邦。

话　智
——重塑五常德之四

古代先哲所讲的智的概念是指能够把做人做事的道理琢磨透并明辨是非，正如孟子所说："是非之心，智也。"后来，智的含义延伸为努力做有知识有智慧有才干的人。然而，中国传统文化对智的认知和践行却明显存在局限。这体现在两个方面：其一，作为当时社会精英的中国古代智者，其能量都在政治、道德等社会科学方面释放，忽略了自然科学。中国古人所著的《易经》《论语》《孙子兵法》《史记》《论衡》等都才思泉涌，论述精辟，至今发人深思。而在自然科学领域，历史文化悠久、人口众多的中国只有四大发明尚值一提。古代中国注重智的标志是一直讲"万般皆下品，唯有读书高"，然而学生从私塾先生那里学的只是"四书五经"等道德文章，从不学数理工艺，因为这与考秀才、举人、进士然后当官荣宗耀祖无关。这是一个绵延数千年的文化大国之所以在近代成为落后国家的原因之一，这也是鸦片战争、甲午海战、八国联军侵华战争中中国人屡遭败绩的原因之一。其二，讲究是非的智在政治领域中的运用走向反面并产生了智术也叫权术。权术成为智者在治国安邦、官场权力斗争中的必备本领。权术信奉"成则为王败为寇"，为达到个人升官发财的目标，借冠冕堂皇的理由，可以不择手段，不论对错。

走进新时代，作为中国传统道德之一的智的概念应当浴火重生，具有新的内容,那就是博学、明辨、创新。博学指人类生活的广阔舞台就是学习成才的大舞台,要求人们在社会科学、自然科学的各个领域,在生产生活的各行各业能各有所专,各显其能,人尽其才,共同诠释智慧的人生,实现民族复兴。整个社会是学习型社会,人们沉浸在学习、再学习的氛围里,人人努力成为有知识、有智慧、能干又实干的人。博学还要求中国人以世界发展的高度为标杆,去学习世界上政治文明、精神文明、物质文明、生态文明的优秀成果,向一切值得学习的国家学习,勇敢地走在同时代的前列。明辨是把是非之心升华到实事求是的高度,为了广大人民群众的根本利益,客观辩证地看待事物,全面立体地审时度势,多谋善断地干好事业。明辨是遵循客观规律的科学精神,顺应先进生产力和先进文化,用科学的态度谋求科学的发展。创新是智慧的生命,没有创新何以为智?综合国力之争的核心是人才之争,其关键是在科学技术的各个领域是否有善于创新并引领发展的一流的人才队伍。博学、明辨、创新三位一体,共同组成了全新的智,这样的智正是民族复兴强有力的智力条件和精神动力。

话　信

——重塑五常德之五

“信”的拆字是“人”“言”，人能说话算话，人对人能诚实无欺就是信。关于儒家德行，孔子提出“仁、义、礼”，孟子延伸为“仁、义、礼、智”，而汉代董仲舒则把“信”加进去，最终形成儒家的五常德。然而，正是这个董仲舒又提出“君权神授”，君王是由上天派下来管理天下苍生的，是天然正确的领导人。这恰恰是儒家伦理上的一个最大的失信。汉灵帝纵欲享受，把国库的钱花光后，就在京城公开设铺子，贴榜文卖官，买个太守二千石，买个县令四百石，一时付不出可以暂时赊欠，等上任后加倍付款。这不是个案，历史上正是官场黑暗造成社会公信的缺失，而社会公信的缺失又影响一代代中国人对诚信的追求。社会上有不少为了利益不以失信为耻的现象，更可恨的是有不少人设局陷害他人，谋取利益，比如碰瓷、利用网恋骗财骗色、陷害把自己从事故现场救出来的人等。社会公信的缺失使人们形成了一些阴暗心理，比如对黑白颠倒之事熟视无睹，甚至从打击别人中获得满足和快感，比如少数人通过微信传播不实新闻，唯恐天下不乱，等等。社会公信的缺失也使一些人在诚信上论人兑汤。这些人依附权贵形成小圈子，在圈内讲诚信，为朋友两肋插刀，而在“老大”的号令下不论对错地打击别人。

人要做到诚信即说话算话，这是多么简单容易的事，可为什么真正做到就这么难呢？其根本原因要从政治体制中找。一要通过政治体制改革建立让老百姓信服的官场。目前官场上尚有个别领导干部制造一些虚假政绩。招商引资、人均收入等数字为应付上级而弄虚作假，不少典型和闪光点亦有大量水分。要铲除这种现象存在的土壤，上级要向下级造假说不。各级官员应在阳光下接受人民的监督，让弄虚作假者下马。官场有诚信则社会有公信，官场有诚信必然对整个社会起到示范、引领的作用。二要通过政治体制改革促进人的解放，使人从自信到诚信。要打破城乡壁垒、地区壁垒、身份壁垒，让人们享有同等教育的权利、就业的权利，让亿万中国人站在同一个起跑线上你追我赶，奋发有为。要建立完善的社会保障体系来使人们相互取暖，扶贫济困，达到人与人真诚互信，和谐而有信。三要通过政治体制改革建立法治社会，从上到下，社会以规矩成方圆。对待各种失信行为如过街老鼠——人人喊打。与此同时，社会上大多数人要自尊自律，说话算话，言行一致。这样，诚信社会的来到将为期不远。

阅古览今

关于国人灵魂的思考

重读《阿 Q 正传》，是看鲁迅如何解剖社会和人的，由此引发了一些思考。

一

鲁迅先生在谈到《阿 Q 正传》的创作动机时，说要"写出一个现代的我们国人的灵魂来"。作为阿 Q 形象核心的"精神胜利法"是国人的灵魂吗？鲁迅先生是如何通过描述精神胜利法来解剖国人的灵魂的？首先，从阿 Q 作为社会人的共性看，阿 Q 精神是民族精神在当时社会条件下的缺失和异化，是传统信条和现实威权共同作用形成的精神奴役的产儿。从阿 Q 的形象看，阿 Q 所具有的精神胜利法是水到渠成的。这是因为阿 Q 在物质上极度贫困，《阿 Q 正传》里写道："阿 Q 没有家，住在未庄的土谷祠里；也没有固定职业，只给人家做短工。"恋爱的悲剧发生后，他连仅有的衣服和帽子也没有了，真正的赤条条了。阿 Q 在精神上也是赤贫，他平时总是靠打短工挣点钱换酒喝，还和王胡比赛捉虱子、咬虱子，何等卑微的人生！和异性的交往是人的天性和本能，但未碰过女人，又正值壮年的阿 Q 本能的释放只能是跪下来对吴妈说"我和你困觉"。阿 Q 无法摆脱物质和精神上的贫困，唯一能聊以自慰,使其心灵安宁的只剩下精神胜利法。其次,阿Q形象是作为社会历史和现实的病状来刻画的,是作为民族的劣根性来加以鞭挞的,也是鲁迅长期关注和探讨"国民性"的成果。在当时的国民阿Q的眼里,革掉清朝皇族命的辛亥革命只是改朝换代,他产生要投降革命党的愿望是因为"革命"能使百里闻名的举人老爷害怕。阿Q被"假洋鬼子"的哭丧棍打了,却又去欺负小尼姑,打不过王胡却又欺负小D,阿Q有着典型的畏强凌弱的卑怯和势利。阿Q这种典型环境里的典型性格,虽不能完整代表那个时期国人的灵魂,但确实是国人灵魂中丑陋的一面。鲁迅通过阿Q把国人的灵魂剖析给大家看,对这种国人灵魂深刻影响民族振兴的状况充满焦虑。再次,鲁迅先生揭示了精神胜利法必然的悲剧结局。阿Q是稀里糊涂地生活,稀里糊涂地参加革命,又稀里糊涂地死去。阿Q在并不属于自己的罪状上画押,只是羞愧自己画得不圆,被冤屈而押往刑场时还"无师自通"来一句"过了二十年又一个……"鲁迅先生的解剖极具震撼力,精神胜利法归根到底只是死路一条。

二

自《阿Q正传》解剖国人灵魂已九十多年,中国社会风云巨变,但阿Q精神一直游走在国人的灵魂之中。一个家喻户晓的例子是,二十世纪三十年代,清朝末代皇帝溥仪为了复辟竟去伪满洲国"执政",以为这是和其先祖努尔哈赤在沈阳称王一样的壮举,以为这是爱新觉罗家族的成功,他这样的精神胜利法是辱没祖宗的。新中国成立后,中国农民分得了土地,翻身当家做了主人,但阿 Q 精神胜利法时有显现。中国改革开放特别是进入新世纪以来,坚持以实践为检验真理的唯一标准,实事求是成了中国人认识世界的主旋律。但毋庸置疑,阿 Q 精神胜利法还潜伏在不少人的灵魂之中,阴魂不散,有这么几点最突出:一是"先前比你阔"的思维定式。阿 Q 精神胜利法的标志性语言是:"我们先前——比你阔的多啦! 你算是什么东西!"如今还有不少国人仍陶醉于中国是泱泱大国,有五千年的文明史,然而对世界政治经济科技军事的突飞猛进,对严峻的周边形势缺乏认知更缺乏洞悉,对我国经济总量已排名世界第二沾沾自喜,却没有思考经济的质量问题。上述思维从骨子里来说还是精神胜利法。二是"今朝有酒今朝醉"的生活模式。《阿 Q 正传》里写道:"阿 Q 以如是等等妙法克服怨敌之后,便愉快的跑到酒店里喝几碗酒,又和别人调笑一通,口角一通,又得了胜,愉快的回到土谷祠,放倒头睡着了。"据说有一个叫"懒人村"的地方,好多村民吃了饭就到墙头边晒太阳,不好好种田又不愿外出打工。如果这是真的,如果有这么一大批昏昏然糊日子的人,中国社会何以整体进步呀! 三是墨守成规的行为模式,认为老祖宗的圣人圣言不可违背。《阿 Q 正传》里写道:阿 Q 不满城里人将长凳称为条凳,煎鱼不用葱条用葱段,打麻将而不打竹牌。当今社会上有不少人对传统意识依然笃信无疑,认为政治经济改革只是权宜之计,从骨子里来说是大逆不道的。这些人的思想逆世界潮流,是中国社会进步的巨大障碍。四是按需创造的工作模式。为了说明思想和工作的正确性,为了满足精神胜利的需求,一些地方和单位的经济数字可以事先按需确定,然后分解下去让基层造假。一个投资几百万的招商引资项目,可以编写为投资几千万元，可行性报告按需编写。检查工作时，可以把纸上材料当成真的工作实绩来评价打分。长此以往，大家习以为常、见怪不怪，就变成了创造政绩的方法和思路。

三

　　像精神胜利法这样的国人灵魂深处的卑微和丑鄙，既需要刮骨疗伤，更需要像治疗陈年老病一样长期理疗。如何改造国人的灵魂呢？笔者认为，主要的办法是改革体制和提高素质。改造国人的灵魂，进行政治经济体制改革是前提。《阿 Q 正传》发表于二十世纪二十年代，那时的政治经济体制是腐败透顶的，社会是积贫积弱的，连社会上层都朝不保夕，生活在最底层的阿 Q 们更是难以维持生计，何以谈人的尊严？他们只能自我麻醉、精神胜利而已。现如今，阿 Q 的"后代"——江浙一带的农民中涌现出成千上万的企业家，他们已经走在同时代的人的前列。仓廪实而知礼节。我认识一位过去有着不良习气的农民，他通过努力创业办起了有近亿元资产的企业后，主动帮助几十名贫困农民子女上大学，对自己的母亲也极孝顺，被传为佳话。中产阶级越来越多，他们有能力规划人生，有条件去实现人生价值，何必去搞自欺欺人的精神胜利法呢？改造国人的灵魂，推进民族素质扎实提升是基础。人的素质提升的核心是人的解放。整个社会洋溢着和谐和相互学习的良性竞争的氛围，思想不再禁锢，人们可以讲真话、干实事，各尽所能，各显神通。人们的智慧才干、特长有用武之地，能机会均等地实现人生价值，那样精神胜利法还有市场吗？人的素质提升关键在教育。社会上还有着浓重的拜金和腐败的气息,对青少年的成长产生不良的影响,要在整个社会持之以恒地扶正祛邪。学校教育的首要目标是教育青少年做一个正直的人,一个对社会有益的人。家庭教育要摒弃自私自利的明哲保身,要推崇忧国忧民和忧家一样重要,传输必要的忧患意识。我们的民族要从自己做起,从现在做起,自警自省、自强不息、知耻后勇,逐步形成新的力争上游、勤劳勇敢、团结向上的国人灵魂,形成巍然立于世界之林的新的民族精神。

官场楷模

——读《天下第一廉吏：于成龙》

看电视剧《于成龙》并未触动心弦，认为难免有编造的痕迹。读《天下第一廉吏：于成龙》一书，因是据史实而作，情真意切，因此手不离卷，一气读完，引发了自己关于官场问题的一点思考。

一

做官追求什么？

通过金榜题名来做官是一代代中国文化人的追求，因为做官能体现人生价值，光宗耀祖，荣华富贵。古代官员上任前都宣示"为官一任，造福一方"，于成龙真正实践了"为官一任，造福一方"这一理念。他把全部的意志、精力和能力都用在做一名好官上，殚精竭虑干事业，头破血流不回头，达到了忘我的境界。于成龙被抽调到广西罗城任县令，自己卖房典地，勉强凑够盘缠，跋山涉水到了桂林，谒见上级时，众人皆为其病体虚弱、瘦骨伶仃而惊讶。到了罗城县城只见一片荒芜，于成龙主仆六人利用荒废的关帝庙，砍了一些篱棘，编成比席子稍硬的"门"，再用泥土把庙壁的漏洞塞一塞，中堂上用碎石破瓦砌了个几案，靠门口的地上挖了个地灶，装上一口捡来的瓦釜作为烧饭的锅。于成龙吃在这里，住在这里，办公审案也在这里，这里便是朝廷七品县令的衙门了。当时的罗城县城几乎没有什么人家,于成龙主仆六人就徒步出城,寻找民众,了解民情,安抚人心。在农忙时节,于成龙亲自扶犁到田野耕作,和农民同坐树下饮水吃饭,如自家人。为打击盗匪,于成龙违反"不得自己拉队伍,不得自行越境采取军事行动"的禁令,训练乡民,杀牛盟誓,发牌修路,进剿邻县盗贼。在剿匪时,于成龙身先士卒,奋不顾身,乡勇前呼后拥,势不可当,将贼首生擒。在那个年代,像于成龙这样亲自上阵,不惜丢乌纱帽到邻县剿匪的县令绝无仅有。于成龙在任罗城县令期间闻鸡而起,月坠方息,呕心沥血,鞠躬尽瘁,使罗城这一边远穷县重新焕发了生机。几百年后的今天,当地民间还流传着不少他为民请命、捕盗破案的故事。为什么一个当年的县令至今仍活在罗城人民的心中呢?就是因为于成龙做到了"为官一任,造福一方"。今天中国的几千名县委书记、县长能够做到这一点吗?你们在处理重大问题时,有没有身先士卒,奋不顾身?笔者在县级副职岗位上干过十余年,扪心自问,和于成龙那样一门心思抓工作来比,差得远了。一些有魄力的书记和县长工作时也敢于碰硬,有担当,但都没有达到像于成龙这样用尽全部心血的忘我境界。而一些县级干部用在考虑升迁的精力比考虑工作的精力要多得多,把智慧和精力用在琢磨官场的生存、追求官场的升迁上。"三分做事,七分为人",有的官员把能否升迁作为有没有能力和本领的潜在标准。有的县级干部又想升迁又对工作采取应付的态度,怎么能有政绩呢?那就只能造虚假政绩、泡沫政绩,这对一方百姓来说是灾难。因此,官只能让真抓实干、能干敢干的于成龙们当。社会精英中有一批立志干事创业的于成龙,若把这样一批无私无畏,想干事、能干事,不谋私的人放在各级官员的岗位上，那么中华民族伟大复兴的中国梦才能强基固本。

二

做官为什么？

"当官发财"是中国几千年官场的潜规则，正所谓"千里来做官，为了吃和穿"。当官和利益是天然挂钩的。于成龙作为清朝官场上的三度获得"卓异"评价的官员，最大的"卓异"就是当官不发财，位贵而清贫。别人当官发财，于成龙当官破财。被抽调到罗城任县令时，于成龙卖房典地，凑到一百两银子作为上任的路费。于成龙上任时从家乡带来的仆从丧命五人，死者的家人向于家索钱，于成龙儿子变卖家业加下跪求情才了结。在罗城任县令时，于成龙不仅不贪，还把工资充公，连件像样的衣服都没有，人称"于破衣"。他到桂林临时任外帘官时，因敝衣破履被同行讥笑。在黄州任司马时，于成龙所吃的主食是将糠皮炒干磨粉，撒在稀饭中，人称"于糠粥"。儿子来看他，他给了儿子半个鸭子，人称"于半鸭"。后来于成龙当了封疆大吏时，每天仍吃一盂糙米、一匙粥糜、一碟青菜，人称"于青菜"。

于成龙不仅自身廉洁，而且是反腐的表率。他在福建任按察使时，坚决不收馈礼，即使是亲友赠送，也只收榄果和蒲葵。海外来华贸易的商客，时常赠送于成龙一些贵重的物品，于成龙一概拒绝。外商初时以为于成龙嫌少，便暗中送去大量金银，结果被于成龙严词斥责，并没收为国有。外商们说："走遍清朝，天下实未见此清官也。"于成龙任直隶巡抚时，大名县令给他大献中秋节礼，被他当成反面典型，发布

《严禁馈送檄》，严禁节日送礼。在封建王朝，像于成龙这样的清官是绝无仅有的。陈独秀说过："充满吾人之神经，填塞吾人之骨髓，虽尸解魂消，焚其骨，扬其灰，用显微镜点点验之，皆各有'做官发财'四大字。"我们今天共产党的官场理当激浊扬清。笔者曾多次和一些较清廉的当代官吏聊过天，他们表示贪腐不能干，贿赂不可收，但礼尚往来的人情不能一概拒绝，否则就是孤家寡人。有的开玩笑，虽不贪腐，但被迫咽下肚的公家酒也有几百斤了。

　　一个封建官员于成龙能如此洁身自好，那现在的官员更不应该用人民给予的权力为自己造福，只能为人民造福。当官者都为自己造福，那就要亡党亡国。于成龙作为封建社会的官吏尚且能廉洁自律，我们的共产党官员更应践行为人民服务的根本宗旨，清白做人，做干净干事的好官。

三

　　官是人上人，还是人中人？

　　中国传统文化虽然也强调"民为贵"，但更多强调"君臣民"的顺序，"父母官"的潜台词是官员位于百姓之上，是人上人，而于成龙这样处处为老百姓办实事的官员则是人中人，因为他把老百姓当作血脉相连的家人看待，把老百姓的事当作自己最重要的事来做。于成龙在罗城知县任内，洞察民间疾苦，清盗为罗城人开辟发展的良好秩序；除弊政，全力为百姓减少税赋；以"勤而获者旌其门，惰而荒者群言以辱之"，鼓励人民勤劳生产；还修养济院，养育孤老和孤儿，修学馆让子弟读书升学。于成龙的这些举措使破败的罗城数年后呈现民众安其居，乐其业，守法规，官民亲睦的良好局面。在任合州知州时，于成龙接到四川巡抚的命令为皇宫采伐楠木，他了解到老百姓为皇宫采伐楠木，入山三千，出山三百的悲惨故事，便上书巡抚要求动用衙门的文武人员完成钦工。为按期完成任务，于成龙他们连大年三十都没有休息，除夕之夜宿于彭水的一座破庙里。在黄州任上时遇黄州大旱，于成龙在"勿使一民饿死"的口号下开仓赈济，并要求黄州大户解囊相助。他把自己节省下来的银子和米施舍于民，导致家里揭不开锅，只好卖掉了自己所骑的一头骡子。在任福建按察使之初，正赶上要处决数千名囚徒，于成龙坚持不枉杀一人，自己重新审理案件，平反了大量冤狱，对其中家贫不能归者还发了路费。有几十名犯了海禁的死囚，于成龙上报请命释放未获准，他爱民心切，便将这些渔民放回家，将自己的生死置之度外。任直隶巡抚时，于成龙了解到直隶大旱，民众以草根、树皮为食，已有成群的人饿死。于成龙当机立断，不顾违命杀头的危险，先斩后奏，立即开仓赈民，贫苦百姓每人发米粮二斗。于成龙在各级官任上都以民为本，与民众共甘苦、共患难，爱民之诚，日月可鉴。而我们现在的各级官员怎么样呢？有些官员在人民的眼里是高高在上、威风八面的：下级要对其唯唯诺诺，低声下气；对老百姓，他们不愿见，即使见了也只是搬条条本本，讲政策。连于成龙都知道和农民同吃同住同劳动，判民间案件时常悉心调解，我们这些人民的公仆怎么了？我们各级官员都是人民公仆，不是人上人，是人中人，要工作、生活在人民之中，倾听群众的声音，听取群众的建议，了解群众的诉求，和人民群众同呼吸共命运；要虚心接受人民的意见和监督，你用心对民，人民会感受到。官员和人民的手握在一起,心往一处想,劲往一处使,就能建造起一座由亿万人心组成的无形的万里长城。如此,中华民族还有什么样的艰难险阻不能跨过,还有什么样的困难不能克服?

四

官员怎样履职?

传统官场的政治文化使各级官员把很大一部分的智慧和精力用于琢磨官场的权术,琢磨如何升迁。而于成龙却把当官作为终生热爱的事业来做,痴迷于谋政,一心一意把官场该做的事干好。于成龙在官场的十几年,做到了四个用心:一是在因地制宜做好本职工作上用心。于成龙善于深入基层进行调查研究,任罗城县令之初就了解民情,明白罗城之所以破败是因为经历了近二十年的战乱,再加上之前还发生过瘟疫,现在仍然强盗猖獗等原因,然后有针对性地进行发展农业生产和清盗等工作,使民众安居乐业。在罗城当县令时,于成龙对本职工作有很深的研究,有一次上司金光祖询问如何治理县政,众官员不敢作答,而于成龙对"山川地理如何做好屯兵设防?""倒废驿站如何光复如初?""绿林草盗如何消灭?""钦限如何依期完结?""何以清刑狱,使民无冤?""何以剔察衙蠹,惩治贪吏?"等一一对答如流,滔滔而论,显示出其对知县工作的精深研究。于成龙在任合州知州时,以深入的调查和细致的思考掌握了合州荒残的根由,采取了"合州荒地,垦者所有","耕种合州土地者,免三年徭役和田赋","回合州垦荒居住者,官府贷牛助耕"等措施,使流民们纷纷返回家,荒残合州出现了户户有炊烟、村村闻鸡鸣的良好局面。二是在公正认真办事上用心。当时的县令既是县长又是法官。当年罗城民风强悍，械斗屡见不鲜。于成龙对一件赵家和廖家因五亩地的械斗案进行了公开审理，在查勘实情后，于成龙写下了以械斗恶习犯王章、伤和气、天理不容、人神共嫉为主旨的千言判词。一件棘手的血案，被他游刃而入，痛陈械斗之害，酌情酌理，句句有骨，字字见血，是清代判牍中难得一见的好文章。由此，罗城械斗之风大减。三是在力除弊政上用心。于成龙任罗城县令时就敢于改革不利于老百姓的政策。当时的官盐政策是官府明敲百姓竹杠，盐商暗吸百姓之骨。于是于成龙在罗城实施"禁官运""革埠商"的政策，大大减轻了中间环节的盘剥，降低了食盐成本，调动了盐商的积极性，使百姓得到实惠。于成龙还在罗城首禁"两耗"。"两耗"之一是"火耗"，指征收的碎银在烤成块时的损耗；另一是"大耗"，指征粮时在储运过程中的损耗。"两耗"是各级衙门的小金库。于成龙的衙门不征"两耗"，他亲自坐堂监督，百姓十分欣喜，争相缴纳税粮。于成龙在任直隶巡抚时针对"火耗"盘剥百姓的行为颁布了《严禁火耗谕》；针对下属官吏行贿受贿盛行发布了《饬查劣员檄》；针对当时的一些劣绅和恶霸大开赌场和妓院的行为发布了《严禁赌博谕》《驱逐流娼檄》，为形成好的社会风气不懈努力。四是在攻坚克难上用心。于成龙在任合州知州时，有一批当年围剿朱由榔时留下的军队白吃闲饭，四处骚扰百姓，地方官莫之奈何。于成龙在向上司请示后，将散在合州的无事之兵集中在府城，让其自食其力，胡作非为者交官处置，使百姓少了一大害。于成龙在清廷与吴三桂大战之际接任黄州知州一职，黄州属拉锯区，公堂上堆积五百五十件公文，他从日出之时批阅公文,一直阅到深夜二更,导致咯血。就这样,他还到所属的罗田、黄梅、黄冈等县考察,写下了《为黄州各属报灾请蠲详》为黄州百姓争取利益。

与于成龙对本职工作鞠躬尽瘁、死而后已相比,我们现在各级官员怎么样呢?我们有没有深入基层了解第一手情况,因地制宜推动经济和社会发展?有没有吃透工作的政策,公开、公正、公平地处理政事?有没有在各项工作的政策和兴利除弊上下功夫、推动各项政策在基层落到实处?有没有不畏工作的艰难险阻,敢于和善于攻坚克难?在现代社会,官员需要有理想,有担当,有满腔工作激情,有不惧困难办好每一件事的韧劲。是这样的人请接受人民的检验,不是这样的人应尽早另谋他业。

五

官员是两面人吗?

古今中外的官员中不乏两面人,他们在大庭广众慷慨激昂地宣称追求信仰、信念,坚守公平正义,全心全意为国为民。但他们还有不为人知的另一面,为了集团、家族和个人利益,为了争权夺利无所不用其极,为了金钱、美女丢失底线,其行为令人咋舌。而于成龙是封建社会官员中少有的清流,是个不变脸的人。于成龙少年时饱学“经史子集”,青年时潜心于程朱理学,把《二程全书》《朱文公文集》《朱子语类》读得滚瓜烂熟,并把“仁义礼智信”“天理良心”等深深铭刻在心上。于成龙准备到罗城上任时,向好友发誓:成龙此行,决不以温饱为志，誓不昧"天理良心"四字。他这样说，也这样做。于成龙在各级官任上都是闻鸡起舞，月坠方息，勤政为民，使百姓初步实现安居乐业，其所任之地至今还流传着于成龙的政绩。

为什么于成龙不是两面人呢？

其一，因为于成龙有道德操守，坚守信仰、信念，崇尚仁义礼智信，做官不昧天理良心。他把自身的形象看得比自己的生命还要重。于成龙在任罗城县令期间接受上级考察时，由于他不阿谀逢迎，知府等人疑他有吞没国赋之嫌。其实于成龙不仅没有丝毫贪腐，反而为建设罗城连俸银也赔进许多，他感到自己遭到了侮辱，以至不思茶饭、痛哭流涕。于成龙在二十年官场生涯中始终保持勤廉。其二，于成龙在官场上从不依附权贵，经营"小圈子"。他不受官场复杂生态的影响，只谋事不谋人。其三，于成龙把做好官当作自己的终生追求，到什么地方当官、干什么级别的官，都任劳任怨、倾尽全力，体现了敬业奉献的精神。

今天的官场还有没有两面人？由人民选举的各级官员在坚守理想信念、践行勤政廉政方面都做得怎么样？你们是同心同德、光明磊落还是攀附权贵、明争暗斗？你们是勤政廉政、一身正气还是争权夺利、曲线寻租？你们是敬业奉献、苦干实干还是急功近利、花拳绣腿？你们和于成龙比较怎么样？我们的官员理应在信念和道德的坚守上超越于成龙。我们的县委书记焦裕禄、地委书记杨善洲等都是立党为公、勤政为民、廉洁自律的好官员。我们要用党纪国法这面照妖镜，使官场中的两面人现出原形。我们要营造清新的官场生态，扶正祛邪，让有志当好官、不谋私利、矢志为党为国为民的于成龙们、焦裕禄们、杨善洲们成为官场的主角，共同唱响振兴中华的宏大乐章。

令人扼腕叹息的宋朝

——读《宋史》的感悟

中国历史上最辉煌的朝代是唐朝,而宋朝则是有可能更辉煌的朝代。

政治上,宋朝的国家和地方治理是相对成熟的。宋朝的开国皇帝宋太祖是武将出身,是靠部下拥戴而用武力黄袍加身的。他担心武力在权力中的决定性作用,于是"杯酒释兵权",让文官在国家和地方的治理中起主导作用。宋朝的皇帝们有些超脱,让宰相主管政府事务,各级政府机构相对健全,规制比较完备,有点依法治国的影子。有时候是保守的司马光一派掌权,有时候是改革的王安石一派掌权,但对不同政见的官员不是不用就杀就废的,而是贬官降级使用。宋朝的权力政治有点虚君实相,有君主立宪、内阁负责的苗头。

经济上,宋朝是比较繁荣的。宋朝的城市经济相对发达,这从《清明上河图》中可见一斑。汴河码头商船云集,一派繁忙景象,市区里以城楼为中心,两边街道上的茶坊、酒肆、客栈、商店、肉铺、医馆、大车修理铺等一应俱全。此外,宋朝还产生了交子这一世界上最早流行的纸币,交子是商品经济发展的必然产物。纸币的出现便利商业往来,弥补了金属货币的不足。交子的出现,说明了商品流通的速度和质量都得到了前所未有的提升。为了发展对外贸易,宋朝还在广州、杭州、泉州、明州等地设置市舶司,相当于今天的海关。市舶司检查出入海港的船舶,征收商税,收买官府专卖物资。

科技上,宋朝的成就令人瞩目。北宋沈括撰写了30卷的《梦溪笔谈》,内容涉及天文、数学、物理、化学、生物、地理、医学、地质、气象、工程技术、文学、历史、音乐、美术等。其中就包括宋代工匠毕昇发明的活字印刷,也包括沈括自己的一些科学见解。为何宋朝的毕昇发明了活字印刷,其主要原因之一就是当时印刷任务繁多,这也体现了当时文化的繁荣。此外,宋朝的苏颂创建了一座大型综合性的水运仪象台,集天象观测、演示和报时的功能于一身。这座大型设备构造很复杂,苏颂写了《新仪象法要》三卷,以图文并茂的方式,详细介绍了仪器的设计和使用方法,绘制出我国现有的最早最完备的机械设计图。苏颂所建的水运仪象台,是当时世界上最先进的天文仪器和天文钟。

然而,历史上出现了盛唐但没出现盛宋。为什么呢?

其一,因为宋朝没有建立强大的国防体系,无法抵挡北方少数民族的不断入侵和掠夺,从而使治国战略难以以经济、科技的发展为中心。因周边战乱频仍,宋朝的社会稳定要逊于唐朝。宋太祖是武将起家而夺取政权的,他自然十分害怕有手握重兵的武将效法,因而"杯酒释兵权",不敢让军队力量太强。如果宋朝的皇帝凝聚力很强,领导一支强大的国防军,并大力制造新式武器,周边部族只能俯首称臣,那么宋朝的商品经济就有了和平发展的环境和大力发展的条件了。

其二,宋朝的政治体制并没有将权力完全集中于皇帝,中央和地方政府的文官治理体制在当时算是比较完备的,但皇帝的品行和能力对国家兴亡仍然影响巨大。宋徽宗如果不是皇帝而是书生,他将是一个彪炳史册的书画艺术家,他创造的书法字体"瘦金体",是如今的仿宋体之源。他的工笔花鸟画亦功力很深，他对书画、珍宝感兴趣，无心治国，身边的心腹宦官童贯投其所好，在苏州官办"应奉局"专门搜集奇花异石，造成民怨沸腾，最后导致"靖康之变"，宋徽宋成了金国的俘虏。宋朝从根本上缺乏对绝对权力的制约和监督，致使国家出现将要发展的势头时，不能因势利导，使官方和民间力量合流推动社会发展。

其三，宋朝没能形成崇尚科技、激励工匠精神的机制和社会风尚。自古希腊以来，西方世界就把科技知识作为文化教育的重中之重。而中国古代教育则太侧重于"四书五经"之类，数理化和工程技术难登大雅之堂。如果宋朝推崇写出《梦溪笔谈》的沈括为科学大家，推崇能创制水运仪象台的苏颂为工程大家，宋朝的广大学子就能像学儒家学说一样学习和创新科学技术知识，那么以中国人的聪明才智，中国将一直走在世界科技发展的最前列。

宋朝没有成为盛宋，令人扼腕叹息。以史为鉴，宋朝对当今中国的发展有警示意义。新时代的中国已超越盛唐，正走在强国的路上，要建立一支强大的军队来保障国泰民安。当今中国要努力创设世界上最良好的政治环境，党和政府要全心全意为人民服务，持久消除腐败，把权力关在制度的笼子里。在党的领导下，整个社会公正、公平、公开，上下一心，共谋发展。当今中国要走在科学发展的前列，争创世界一流。如果发展科技既有举国体制优势又让亿万科技人才的聪明才智充分发挥，亿万人民的能量充分释放，那么国富民强指日可待。

吹尽黄沙始到金

——读《中国古代文学名著》之偶思

读《中国古代文学名著》，从作者生平介绍来看，中国古代文学家们深植于内心的志向大都不是文学创作而是当官，想当官、想当大官，矢志不移，情有独钟。但奇怪的是，那些流芳百世的名篇大都是仕途不顺、不得志者写出来的。

晚唐诗人李商隐曾少年得志，24 岁进士及第，任弘农县尉，前程一片辉煌。然而他卷入当时政坛"牛李党争"的政治旋涡后，不会左右逢源，得罪了双方，被人排挤，潦倒终生。于是他把全部的才智都倾注到诗歌的创作上，用心血浇灌诗的花园。他发出"语不惊人死不休""夕阳无限好，只是近黄昏"的慨叹，微妙尽在不言之中。"庄生晓梦迷蝴蝶，望帝春心托杜鹃。沧海月明珠有泪，蓝田日暖玉生烟。"从庄生梦蝶、杜鹃啼血、沧海泪珠、良玉生烟的意境中，每个人读出了不同的感悟和伤感。"身无彩凤双飞翼，心有灵犀一点通。""春蚕到死丝方尽，蜡炬成灰泪始干。""春心莫共花争发，一寸相思一寸灰。"两情相悦被这些诗句写到了极致，给人以刻骨铭心之感。"秋阴不散霜飞晚，留得枯荷听雨声"，把特定的秋景写得活灵活现，像一幅充满动感的画。如果李商隐仕途通达，天天在朝议论国之大事，天天应酬于声色犬马之中，能写出这么好的诗吗？

南唐的末代皇帝李煜是个多才多艺的人，工书善画，精通音律，诗词文赋无所不能，但他最为后人称道的诗词不是当皇帝而是当囚徒时写的。"无言独上西楼，月如钩。寂寞梧桐深院锁清秋。剪不断，理还乱，是离愁。别是一般滋味在心头。"无言独上，如钩残月，梧桐疏影，读之如见其人，如临其境。离开皇位的愁千丝万缕，剪不断，理还乱，愁的滋味始终压在心头上。这首写愁的词太传神了，传达出心灵的伤感、无言的惆怅，难以用言语来表达的愁绪。"春花秋月何时了"，李煜感觉由皇帝变成囚徒的生活就是在煎熬，对一年中最美好的春花秋月也烦透了；因为"故国不堪回首月明中"导致"问君能有几多愁，恰似一江春水向东流"，读到这里，感觉这愁情恨绪是从内心深处汹涌澎湃而出的。如果李煜没有真正从天堂到地狱的经历，是写不出这样的诗句的。

宋代苏东坡晚年写了一首总结一生的短诗："心似已灰之木，身如不系之舟。问汝平生功业，黄州惠州儋州。"直白地道出他的一生不得志。是啊，他满腹经纶，才华横溢，一心想建功立业，曾官至礼部尚书，因政见和执政者不合，一路被贬，以至于"心似已灰之木，身如不系之舟"。然而正是他积压在心头那被贬被压的愁怨的累积，酿出了一篇又一篇的好诗文。《前赤壁赋》中"驾一叶之扁舟，举匏樽以相属。寄蜉蝣于天地，渺沧海之一粟。哀吾生之须臾，羡长江之无穷。挟飞仙以遨游，抱明月而长终"，这是真正的羽化登仙，超凡脱俗。《题西林壁》中"不识庐山真面目，只缘身在此山中"，蕴含多么深刻的哲理。《念奴娇》中"大江东去，浪淘尽，千古风流人物"，多么宏大的气势。《水调歌头》中"人有悲欢离合，月有阴晴圆缺，此事古难全。但愿人长久，千里共婵娟"，是对人生不得志的自慰，也让人们读懂了他对人生的沉思。

清代蒲松龄 19 岁初应童生试,便以县、府、道三试第一补博士弟子员,他踌躇满志,以为功名唾手可得,前程一片光明。然而命运之神却和他开了一辈子的玩笑,三年一试的乡试竟成为他一辈子拼命挣扎都迈不过去的坎,考了多回,直到古稀之年也没能考上举人。蒲松龄文思敏捷却博取不到功名,于是他把一生的辛酸、痛苦和才华都凝结到《聊斋志异》一书中,书中近五百篇短篇小说,承载着他的精神世界和遐思梦幻,精彩纷呈。书中许多短篇小说写了他亦爱亦恨的科举:《叶生》中的主人公叶生怀才不遇,抑郁而死,但他的幻形留在世上,将生前拟就的文章授予一个年轻人,使他连试皆捷,进入仕途。后来叶生用幻形乡试中举,衣锦还乡,迎头却是妻子的棒喝,"君死已久,何复言贵",叶生闻之"怃然惆怅","扑地而灭"。通过此文,蒲松龄把科举之弊写得入木三分。书中的许多短篇构思奇妙、思想深刻,堪称名作。《促织》中主人公成名捉到的青项金翅的蟋蟀,被 9 岁的儿子无意中扑死,孩子自知过失太大竟投井自杀,自杀后的儿子化为一只形若土狗的蟋蟀,让成名交了差,发了财。人要变成小虫去当皇帝取乐的玩物,人要靠死后变成小虫才能为家庭排忧解难,这是蒲松龄对人间正道的叩问,这种叩问是震撼人心的。

为何不得志者却能写出流芳百世的文学名篇呢?有三句诗可作简答。第一句是"天生我材必有用"。名篇的作者素来有才,其才不能倾注于梦寐以求的仕途,那就东方不亮西方亮吧;文才不能自如地游刃于官场,那就凝聚于写文章吧。第二句是"文似看山不喜平"。一帆风顺的人写不出好的文章。没有在拳头痛击下的头破血流,没有人生道路上的坎坷不平,没有对人生真谛的追求和思考,就不可能写出打动人心的诗文。第三句是"吹尽狂沙始到金"。好文章是用心写出来的,是用脑汁酿出来的,是智慧的结晶,是人生的启示录,是总会发光的金子。金子的形成是曲折而艰辛的,需要千辛万苦,千淘万漉,吹尽黄沙。

《马说》新读

唐代韩愈的百字名文《马说》，借议论伯乐与千里马来抒发怀才不遇、壮志难酬的胸臆，表达对当时统治者埋没人才、摧残人才的愤懑。其说马是假，说人是真。

是不是千里马只凭伯乐说了算？《马说》开篇写道："世有伯乐，然后有千里马。千里马常有，而伯乐不常有。"伯乐是什么人呢？远古神话传说中，天上管理马匹的神仙叫伯乐。春秋时期有个姓孙名阳的人擅长相马，人们就称他为伯乐。而韩愈《马说》中的"伯乐"指有权力选任各级官员的王公大臣。今天我们讲的"伯乐"一般是指有权力选拔任用人才的部门的领导。无论古今都认定只有伯乐才能选出千里马。一千二百年前的韩愈指望能有知人善任的贤君圣主来提携人才是可以理解的，因为别无他法，而今天只靠伯乐的眼力来选千里马，只让伯乐说了算数，难免有选拔任用干部"内定式"之嫌。有的"伯乐"是帅才将才，眼光敏锐，但也有人性的弱点，对那些善观伯乐眼色、善于表忠心打"近战""夜战"的人难免要扶上马，送一程；而有的"伯乐"本身就是庸才，如井底之蛙，对照自己来选才，"武太郎开店，比我高的不要"，就更不靠谱了。笔者认为，选千里马不能只让伯乐说了算，伯乐选千里马要在阳光下和众多会相马者一起选，用句时髦的话说就是做到民主和集中的统一与平衡，这样能防止不会跑的马、十里马、百里马被选为千里马。

如何创造千里马公平竞争的环境呢?《马说》写道:"策之不以其道,食之不能尽其材,鸣之而不能通其意,执策而临之,曰:'天下无马!'呜呼!其真无马邪?其真不知马也。"这段话说得入木三分。韩公的呼唤在千年之后的今天更有现实意义。现在在有些地方,还没有真正形成让千里马磨炼成长的良好环境,是千里马的苗子不敢争当千里马,因为如果太张扬,反而会坏事。"木秀于林,风必摧之;堆出于岸,流必湍之;行高于人,众必非之。"如果你跃跃欲试想成为千里马,就会有人横挑鼻子竖挑眼,总会整出你一大堆的不足,使你未开仗而先自败。还有的地方选千里马的条条框框太多,对千里马策之、食之、鸣之均有一条条规定,甚至马跃起时的姿态、马鞍的色彩、马蹄铁的质地等都有一套套讲究,你要做千里马就必须循规蹈矩,必须深谙做千里马的秘诀。因此,必须创造让千里马公平竞争、敢于脱颖而出的环境,必须形成争当千里马的良好社会氛围,鼓励公开竞争,良性竞争,大家是好马还是劣马,拉出去遛遛看。必须解决好千里马"食不饱、力不足、才美不外见"的问题,让想当千里马的有锻炼成长为千里马的环境,让众多的马争当千里马。

选上的千里马就一直是千里马吗?韩愈的《马说》没有说这个问题,但现实中就有这个问题。笔者认为,是金子就要发光,是好钢就要用在刀刃上,选你为千里马是因为你能日行千里。你当千里马必须得日行千里,不能日行千里的,千里马的称谓就要转给能日行千里的马。由此推及选拔任用干部要坚持能者上,平者让,庸者下,要有一套优胜劣汰的完整机制来保证。这不只是纸上的东西,要一个一个真正地落在实处。千里马是选出来的，更是干出来的。是千里马就得昂首奋蹄，闯火海、跨激流，勇往直前；是千里马就要负重前行，顶住压力，一路凯歌。那些滥竽充数者应当被淘汰。

看破"看破红尘"

——读《好了歌》的偶思

《红楼梦》的文眼《好了歌》是"看破红尘"这一命题的经典表达。《好了歌》用 X 光穿透尘世:古今将相只剩黄土一堆,金银多时眼闭了,君死娇妻随人去,孝顺子孙古来少。曹雪芹如此看破红尘是缘于其亲身经历。他的家族从锦衣玉食到蓬牖茅椽、绳床瓦灶,其兴衰荣辱的迅速转换使他身心倍受煎熬。他试图对此世态迷津加以解析,借助佛教"万事到头都成空,及早抽身了尘缘"的思想,写出了具有超越性智慧的《好了歌》,并用《好了歌》来给其倾注一生心血的《红楼梦》定思想基调。

其实古往今来,看破红尘就是个伪命题,是一种无可奈何花落去的心境,骨子里还有着对功名、金银、娇妻、儿孙的向往。东晋陶渊明,虽不为五斗米折腰,辞官归里,过着"采菊东篱下,悠然见南山"的生活,但他实际上一直没有丢弃"猛志远四海"的壮志,他的梦境还是"童孺纵行歌,斑白欢游诣"的桃花源。曹雪芹写《好了歌》可谓大彻大悟,但他在《红楼梦》中描绘的大观园还是那么如诗如画,少男少女们的吟诗作赋还是那么情趣盎然,宝黛的爱情还是那么如泣如诉,可见其内心对尘世生活的渴求。

《好了歌》的看破红尘是对精神极度压抑的解脱,是对封建末世生活中人生无常、世事难料的感悟,而现在还有人把看破红尘作为智者的选择，就难免东施效颦了。而今标榜看破红尘的大约有这么几类人：一是吃不到葡萄说葡萄酸的人。他们对功名利禄或竭力追求过或暗中较劲过，但结果使他们失望与尴尬，于是乎选"淡泊名利"，使自己超脱和清高起来。二是因人生遇到过不去的坎而悲观厌世。某君曾因拼搏而名利双收，意气风发，近得绝症，深知名利来之不易却要随风而去，感慨日落西山暮，方知天下空，人赤条条地来、赤条条地去，除了身体，什么都不是自己的。三是迟到的人生觉醒。某君因贪欲而银铛入狱，感慨金钱是无底黑洞，钻进去就出不来，还是青菜豆腐能保人生平安。诸如此类的看破红尘其实都是病态思维。

　　而今，中国需要一大批一流的科学家、企业家站在世界前列。世界科技发展日新月异，时间紧迫呀，不能落后，否则会挨打。中国需要金银，虽然经济总量是世界榜眼，但人均国内生产总值还远排在后。中国要给每一个人的成长发展提供机会，能干大事的干大事，能干小事的干小事。你当不了官，可以办企业，办不了企业可以学手艺，学不了手艺肯出苦力也行。中国需要人人奋发图强，千帆竞发，你追我赶。看破红尘是古时候的事了，而今的中国人要充分展示自我，实现人生价值，演绎精彩人生，共圆强国之梦。

呼唤人类的良知

——看电视剧《赵氏孤儿案》之所思

中国几千年的封建社会充满了正义与邪恶、光明与黑暗、光荣与耻辱的较量与搏击。春秋战国时晋国的"赵氏孤儿案"就是这一历史的缩影。最近中央电视台播放的电视连续剧《赵氏孤儿案》的主人公程婴的形象也许有很多虚构的成分,但程婴形象所体现的为正义事业殚精竭虑、肝脑涂地、奉献毕生的精神,则是闪烁在历史长夜的一颗寒星,闪耀着人性的光辉,具有震撼人心的力量。程婴是民间医生,在帝王将相做主的社会是难有作为的,但他毅然担起了保护已冤遭诛族的孤儿的重担,其壮怀感天地昭日月。他是智慧的典范。程婴作为当时晋国公认的名医,既是饱学之士又善于钻研,他治好了妻子十多年的精神疾病,在当时堪称奇迹。但这些尚不足以使其彪炳史册。而他与精通权谋且城府极深的屠岸贾十几年斗智斗勇,招招到位,堪称智慧的集大成者。他是坚毅的典范。从赵氏灭族的那一刻起,程婴就有了新的人生使命,那就是拯救赵氏孤儿并把其培养成才,使赵家冤案得以平反昭雪。为了这一使命,他献出了毕生的精力、智力、财力。二十年天天如履薄冰,如临深渊,咬紧牙关挺过每一刻,终于迎来赵氏孤儿官拜司寇,赵氏得以平反的一天。当狡诈的屠岸贾即将逃亡秦国时,被棋高一着的程婴挡住。屠岸贾被绳之以法之时,已完成毕生使命的程婴则陪同重病的妻子含笑赴黄泉。电视剧中程婴的智慧和坚毅都是以社会正义为轴心,充分体现了人类的良知。良知是人类与生俱来的判断是非善恶的本能,然而人类社会有时会发生忠奸不辨、是非颠倒之事。鲁迅先生《狂人日记》中有一段有名的话:"我翻开历史一查,这历史没有年代,歪歪斜斜的每页上都写着'仁义道德'几个字。我横竖睡不着,仔细看了半夜,才从字缝里看出字来,满本都写着两个字是'吃人'!"当忠诚爱民的赵朔被满门抄斩时,奸臣们弹冠相庆,德行修好的官员们亦明哲保身,而程婴一个民间医生却用燃烧的生命来点亮良知,维护起码的是非观,就像暗夜里闪烁的寒星。百姓心中有杆秤,他们用民间的传说倾诉良知,那是千万人心中的呐喊。

百姓心中朴素的良知是感性的,而深刻的理性的良知则是民主与法制。看电视剧《赵氏孤儿案》,能深切感受到民主与法制对一个社会的重要。为什么会发生赵氏冤案,根本原因是没有民主、法制。老百姓都知道赵朔是好人,可他们没有发言权,更没有决定权,他们能做的只是私下议论纷纷。君要臣死,臣不得不死,罪名嘛莫须有。一人犯罪,株连九族更能说明封建王朝的残暴与腐朽。后来赵氏平反了,赵氏孤儿被重用了,然而起作用的不是法制,而是晋王的一句话。赵氏孤儿当了司寇审理屠岸贾时,知其血债累累,却因顾及好友屠岸无姜而将其释放,这是哥们义气,是以个人情感代替法律,是明显的渎职。当然,这是时代的局限,但值得反思。呼唤人类的良知,就是呼唤公平与正义,呼唤民主与法制。

再谈精神胜利法

最近翻读几年前所写的一篇《关于国人灵魂的思考》的文章,对鲁迅先生所剖析的阿 Q 精神胜利法又有了新的思考。阿 Q 的精神胜利法其实不是作为农民代表的阿 Q 的专利,而是古今中国社会各色人等普遍存在的一种精神现象,是国人灵魂中丑陋的一面,是一种社会慢性病,需要相当长的时间,用有力的精神文明建设来根治。

精神胜利法的实质是人的精神的异化,是人的精神之癌。精神胜利法没有真正的精神,没有理想信念,其精神只是遮羞布,用来遮丑的,用来说给别人听的。社会上有的人满口仁义道德,满肚子男盗女娼,其生存之道就是精神胜利法。当年汪精卫明明是因为和蒋介石在国民党的内斗中失势而卖国求荣,却还要给自己的行为贴上为国为民、曲线救国的标签,好像自己很高尚似的。现在已经落马的不少腐败分子都曾经大谈反腐倡廉,摆出一副刚正不阿的姿态,对下属的腐败行为也是毫不留情的。这些人说得很高尚、很纯洁,但背后干得很下流、很可耻。有的人是手电筒光照别人不照自己,把自己当作高尚精神的化身,这算是一种精神胜利的手法,是阿 Q 精神胜利法的再创造。

精神胜利法的精神是一种不愿意有自知之明,自欺欺人,任由私欲膨胀的精神。造神和信神就是一种精神胜利法。历史上乱世出英雄，英雄在夺取江山后就自我膨胀臆想自己是神，历代帝王都被尊称为真龙天子，被称为"万岁"。秦始皇想把自己打下的江山代代相传，想自己青春不老、生命永存，就派五百个童男童女赴东海寻找长生不老之药。汉武帝何以独尊儒术，可能是因为那时的大儒董仲舒宣扬"君权神授"。历史上的帝王被臣民称为"万岁"，真的能活万岁吗？实际上大多英年早逝，最长寿的乾隆帝也只活了八十多岁，所谓万岁只是一种精神胜利法而已。以假当真也是一种精神胜利法，当年乾隆皇帝下江南是欣赏太平盛世的，所到之处歌舞升平，花团锦簇。其实当年的江南有大批农民过着水深火热的生活，而文字狱的盛行也使江南才子们噤若寒蝉。现在社会上依然存在造假现象，一些地方明明工作平平，毫无政绩，写工作报告时依然各项工作成绩多多，统计数字亮眼。

精神胜利法的精神是一种掩耳盗铃般、空中楼阁般的妄自尊大，是一种强打精神的歇斯底里。精神胜利法除了"先前比你阔"之外，还有"天生比你阔"。新时代的中国人要摒弃这一恶习，要有自知之明，有自知之明才能有忧患意识，才能头脑清楚，才能奋发努力。我们要脚踏实地，不要异想天开，不要指望天上掉馅饼，不要守株待兔，黄粱梦再圆满也是梦，路是走出来的，事业是干出来的。要与时俱进创新发展，不要醉心于过往的成就和辉煌，要聚焦今后如何赶超一流走在时代的前列。笔者以为，中国人的精神状态中，精神胜利法可以休矣。

绵绵深情

——读《蝶恋花·答李淑一》

《毛主席诗词三十七首》中，我特别喜欢《蝶恋花·答李淑一》，这首词少了些舍我其谁的王者气概，却有着入脑入心的绵绵深情。

余音不绝且绵延悠长的相思之情。"我失骄杨君失柳，杨柳轻扬直上重霄九。"爱情是人类最美妙的感情。毛泽东与杨开慧，柳直荀与李淑一是一对相知、相恋的爱人，又是志同道合的战友，其情谊比天高，比海深。杨开慧和柳直荀为了崇高的革命理想奉献了自己宝贵的生命已经近三十年了，然而毛泽东对杨开慧的思念之情依然是那么深厚。按照中国人的传统说法，人死后只有极少数人能上天堂，当神仙，天有九重，九重天就是神仙住的地方。在毛泽东心里，杨开慧和柳直荀是那在高远的天空曼舞的杨柳，飘上了神仙居住的九重霄。

神人共仰且倍感欣慰的崇敬之情。"问讯吴刚何所有，吴刚捧出桂花酒。寂寞嫦娥舒广袖，万里长空且为忠魂舞。"是啊，人间的忠魂升到天堂仙境了，天上的神仙要好好接待呀！吴刚呀，不要没完没了地砍桂花树了，赶紧拿出招待神仙的桂花酒；嫦娥你一个人在月宫居住多寂寞呀，现在有忠魂来陪伴你了，你也要露一手，跳起拿手的长袖舞来迎接客人吧。你看嫦娥跳起舞来迎接忠魂，万里长空中的云彩呀、神鸟呀等等都来助兴，在嫦娥的领舞下一起跳了起来，形成了似乎整个天空都在舞蹈的神奇境界。是啊，忠魂为了人间正道，为了天下苍生挥洒了自己的青春和热血，奉献了最宝贵的生命，人间的苍生当然敬重他们，天上的神仙也应当敬重他们。

坚毅自信且告慰英灵的豪迈之情。"忽报人间曾伏虎，泪飞顿作倾盆雨。"在中国古代神话传说中，天上一日是世间一年。杨开慧和柳直荀这次到九重霄上的月宫做客，忽然听到了一个特大的喜讯，在人间，中国的"三座大山"被推翻了，中国解放了，中国人民从此站起来了。多年来，他们壮志未酬身先死的遗憾烟消云散了，他们为之奉献出生命的理想追求实现了。他们太高兴了，喜悦的泪水放纵地流淌，流得激越澎湃一发而不可收，化作了滋润人间的倾盆大雨。毛泽东写到这里，那涌出的绵绵深情，化作文字跃然神动于宣纸之上。

诵读毛泽东《蝶恋花·答李淑一》，不由得将其和苏东坡的《水调歌头》相比较。苏东坡的这首词在咏月词中可谓前无古人，后无来者。苏词用灵动的情致，借天上的明月浪漫抒情，把对人生坎坷的感叹和哀怨表达得淋漓尽致，在情景交融、物我相映中表现出意象高远的审美境界。这首苏词令人百读不厌，让人浮想联翩，常常感到有些动情，有些空灵，有些释怀，有些惆怅，又有些悟出天机的心灵共鸣。毛泽东和苏东坡所写的这两首词都情思切切，意境悠远，读之令人忘我。苏词在文学意境的拿捏、用词的精湛精妙上略胜一筹。毛泽东的词在立意之高远、胸襟之博大、气势之宏阔上超越苏词。苏词是"又恐琼楼玉宇，高处不胜寒，起舞弄清影，何似在人间"，毛泽东的词是"寂寞嫦娥舒广袖，万里长空且为忠魂舞"；苏词是"人有悲欢离合，月有阴晴圆缺，此事古难全"，毛泽东的词是"忽报人间曾伏虎，泪飞顿作倾盆雨"；苏词是借景抒怀，寄志于月，感怀不得志，又主动将其惆怅化于无形，"但愿人长久，千里共婵娟"；毛泽东的词将澎湃的爱情、亲情、纵横天际的豪情和为理想而奋斗的激情熔于一炉，"泪飞顿作倾盆雨"，满是泽润天地的深情。这两首词都令人领悟人生的真谛，让人得到灵魂的升华。这便是好词的魅力吧！

没有归来

——看电影《归来》的断想

　　噙着眼泪看完影片《归来》。影片讲述二十世纪七十年代,与家人音讯隔绝多年的劳改犯陆焉识两次回家的故事。第一次归来在"文革"期间,陆焉识因极度思念十几年未见面的妻子冯婉瑜和女儿丹丹,在一次农场转迁途中逃脱,潜回家乡,在大雨之夜给妻子留下在火车站天桥上见面的字条。因父亲的右派身份连累自己而心生怨恨的丹丹,因想立功当芭蕾舞主角而告发了此事。第一次回家的结局是悲怆的,在火车站天桥边,在干警的围追堵截中,夫妻二人大声呼唤,肝肠寸断,近在咫尺却未能携手,丈夫被拉上囚车,妻子跌倒昏死在地。第二次归来是在"文革"结束后,陆焉识平反归来。冯婉瑜因在火车站跌倒脑部受伤,加上之前工宣队方师傅对她行为不轨造成的精神伤害,使她患上心因性失忆症,已经不认识陆焉识了。女儿从记事之日起就未和他一起生活过,对他也是不冷不热。为了找回家的温馨,实现真正的归来,陆焉识以修琴人、读信人等角色与冯婉瑜交往,为她治病。然而一晃又是十几年,虽然还在日复一日地努力着,可冯婉瑜对陆焉识还是相见不相识,她还在盼着她心中的陆焉识归来。

　　看完影片《归来》最突出的感受是没有归来。陆焉识的人回家了,但这个家庭的精神和灵魂还停泊在如烟的昨天。爱情没有归来。从陆焉识第一次逃脱为的是见妻子一面,从冯婉瑜顶住泰山压顶般的政治压力,不顾一切奔向火车站天桥,可见他们的爱情达到了不能同日生,但愿同日死的境界。从陆焉识平反回家后舍弃一切、不弃不离、全力以赴医治妻子的心病,到了白发苍苍时在大雪纷飞中踏着三轮车送妻子到火车站,从冯婉瑜几十年如一日盼陆焉识归来,可见他们的爱情达到了海枯石烂不变心的境界。然而陆焉识已回家十几年,面对朝夕相处的妻子却不能倾诉衷肠,妻子的眼睛里少了绵绵深情。亲情没有归来。可以想象被打成右派之前的陆焉识一家三口该多么温馨,然而陆焉识平反回家后一切都变了,冯婉瑜因长期精神压抑而得了心因性失忆症,对丈夫视若路人;冯婉瑜在得知女儿丹丹告发见面一事后,情感上不能接受,不愿和丹丹生活在一起;而"父亲"这两个字一直是丹丹心头的痛,十几年不曾生活在一起而形成的感情隔膜一时难以消除。陆焉识心中一直期盼的一家三口的亲情没能随他的回家而归来。事业没有归来。陆焉识曾经是一位学识渊博、年轻有为的大学教授,十几年的劳改生涯中,体力劳动是他唯一能做的事,专业几近荒废,而平反后生活的变故迫使他不得不把余生的精力用于对妻子疾病的治疗,用于对情感回归的漫长守候。女儿丹丹少年时就走上了陆焉识给她选择的舞蹈之路,是舞蹈学校的尖子生,曾经是学校芭蕾舞《红色娘子军》主角扮演者的不二人选,但因为父亲是劳改犯并且在逃,尽管她与父母划清界限并告发了父母,也不得不告别人生的梦想去当一名纺织女工。多年后,为唤醒母亲的记忆,她在家中表演吴清华一角时还是那么富于激情,但她的舞蹈家梦想已完全破碎了。

为什么陆焉识回家了,而其感情和事业的悲剧还在延续呢?问题在于社会错误给人造成的伤害,虽物质上可以弥补,但对人的精神的伤害却难以医治。其一,以正义的名义行使非正义,是对人的精神的扭曲。一个风华正茂的大学教授,或许只是讲了几句心里话,就成了右派劳改犯,家人也要受到横眉冷对,这就是当时的社会共识。冯婉瑜在陆焉识第一次归来时的雨夜,多想立即打开房间与他激情相拥,但刚刚"领导"的告诫犹在耳边,这样的煎熬使人五内俱焚。少年丹丹把家中照片中的父亲全剪掉了,又以"革命"的名义告发父母,这是丹丹的错吗?这样的社会氛围,人的正常情感何在?其二,古老而又现实的"株连",是对人的精神的摧残。中国古代社会"一人得道,鸡犬升天",一人犯法,株连九族。退一万步说,就算陆焉识有罪,为何要株连妻子和女儿?事实是陆焉识劳改了,妻子和女儿也只能过低人一等的日子,十几年的政治歧视,使她们心头上总像压着铅石,每一天的日子都是苦涩的,精神上不出毛病才怪呢。其三,趋炎附势,墙倒众人推的社会心态,是在人的精神创伤上撒盐。"文革"中有那么多人狂热地对被打倒者落井下石,显示了人性中阴暗的一面。劳改农场追捕陆焉识的两个干部雨夜在楼下守候,干劲十足,他们是强硬剥夺苦命鸳鸯见面权利的人。社会上有的人对与己无关的冤假错案麻木不仁,甚至高兴有那么多人倒霉。在这样的社会酱缸里,人的情感也会发霉变味,在别人流血的伤口上补上一刀也就不足为奇了。

影片《归来》中,陆焉识一家人无法归来的悲剧其实很寻常,在那个特定时期,中国曾出现成千上万个冤假错案。后来他们人平了反,但他们的亲情、爱情和事业归来了吗?影片《归来》给人们的启示是,这类悲剧是人的精神灾难,绝不容重演。解决问题的钥匙是社会公平正义,铲除冤假错案产生的土壤和条件,这需要用政治、经济、社会的改革和发展来实现。检验社会体制好坏的标志是人的解放的程度。人在需要物质丰富的同时，特别需要精神的解放和愉悦，我们的社会要能够让人民充分发挥才能，让生命出彩；我们的社会要能够让人民沐浴爱的阳光，享受天伦之乐。这是人间正道，因为中国梦是每一个中国家庭、每一个中国人梦想的集合。

感古怀今

人 与 神

一

对地球而言,人是人,人也是神。

地球上的生命数不胜数,千姿百态,人何以脱颖而出呢?因为人有智慧的大脑,有活跃的思想,这是自然的神性,是地球上其他生命不具备的。

人何以有智慧的神性呢?人通过脑力劳动和体力劳动使大脑发达,产生智慧。人为了生存和发展,必须用大脑和双手进行劳动。为了提高劳动效率,人学会了制造和使用工具。从住山洞到建茅屋、瓦屋乃至今天的高档别墅、摩天大厦,从牛马耕田到使用收割机,从削木棍到冷兵器到热兵器再到制造使用火箭导弹……人类的劳动从低级不断向高级发展,创造了灿烂的物质文明。地球上的其他生物没有这种有意识的劳动。当年一些爬行动物变成飞鸟,经过几百万年的进化才使前腿变成了翅膀,才能翱翔于天空。现在人类不仅每年能生产大量飞翔在万米高空的飞机,还能生产探索太空的航天飞机。

人在社会实践中通过探索、传承发展、提高,孕育了地球上人类独有的文化。文化中，人是实，是创造者和主导者；神是虚，是思维的灵动。人在生活中必须交流，人学会了说话。人要把生活中的经历和经验记录下来，人发明了文字。人要把劳动和生活中的经历和经验进行归纳总结和探索，使之成为知识、信仰、艺术、道德、法律、风俗进行传承，这就形成了文化。文化始终处于不断发展和变化中，狭义的文化叫知识，现代社会知识在爆炸，这是文化的神性使然。

人通过文化传承形成相对固定的民族和国家，人的能量包括人的神性得到前所未有的提升。地球上除了人以外的生物只有生存和繁衍的本能。高级动物一个族群中的数量大都十分有限，人则不同，大约一万年前，人类自发组织家族，联合形成部落，除继续集体狩猎外，还进行农作物的栽培和家畜家禽的驯养。这是人类形成社会的开始。各部落之间相斗相和，进行文化上的交流和传承，进而形成民族。大约在五千年前，古老的文明民族开始建立起文明古国。随着人类数量的不断增长，各个国家又形成了星罗棋布的城市和乡村。国家的形成推进了人的社会性，人的社会性推进了文化的传承与提高，推进了人的智慧和能量的集合，也使人的神性不断闪现。

人是地球上的神，这对地球上的其他动物来说是个悲剧，因为人只以人为本。人高居地球食物链的顶端，鹿茸、熊掌、燕窝是补品，山中野参消除疲劳，虎骨泡酒壮筋骨。地球上的平原、高原、山地、湿地、河海为人所占，为人所用，导致地球上的动物和植物的种群日益减少。对此，人类开始醒悟，提倡生态文明，一些国家给其他生命辟出地盘，名曰国家公园，让这里的动植物顺其自然地成长，保持其原生态。

二

神是人精神上的追求和向往。神的原型是人。中国古老神话里的盘古、女娲、刑天、后羿、嫦娥等都是中国人的模样,中国古代小说《封神演义》《聊斋志异》里的神仙和狐仙也是中国人的模样。现代中国人所写的武侠小说和科幻小说一部接一部,而那些飞檐走壁的仙侠和在外太空如履平地的未来战士也是中国人的模样。古希腊神话源于古老的爱琴海文明,相传的奥林匹斯十二主神等众多神祇都是欧洲人的模样。

神是人对未知世界的探索。天地日月是怎么产生的,水旱灾害、瘟疫、火山等对人何以如此暴虐,人一时间答不了这些问题,就只能寄托于神。在中国古老神话里,天地是由盘古用斧头劈出来的,天与地在被劈开后又慢慢合拢,盘古用自己的身体顽强地支撑在天地之间,终于天与地被固定了。在支撑中盘古化作了永恒,盘古的骨骼变成了山脉和丘陵,肉身变成了平原和盆地,血与汗水变成了江海,毛发变成了森林、草原。在古希腊的神话中,宙斯是无垠无边的宇宙的主宰,是天空、雷电、乌云之神;波塞冬是大海之神;阿波罗是光明之神、预言之神和太阳战车的驾驶者;阿瑞斯是具备超凡力量的勇武战神。

神是人对强大和永恒的追求、向往……人在人生征途上关山重重,叹息力量有限,渴望具有超凡脱俗的力量,于是人寄希望于神。人在人生征途上不断遇到疾病、灾难和争斗等威胁,人渴望青春永驻,生命永存,于是人类创造了各种神。如中国古代神话中,女娲能用石头把破了的天空补起来，神农氏会运用百草给人治病以战胜瘟疫，精卫能衔石填海，共工能撞翻不周山，后羿能用箭射落九个太阳……

神是人的精神寄托。人生来需要精神的寄托，于是宗教应运而生。无论是原始宗教还是成熟的宗教，一般都有类似上帝的神作为精神领袖。精神有了寄托，人就会安分而充实。

神是人大脑的灵性。人类与其他动物的一个区别就是人的大脑有灵性。人的思维天马行空，神的影子和踪迹就出来了，人们把这些踪迹表达出来，用文字记录下来，就是神话。

三

人根据自己的现有文化去规定神的行为。中国人创造的神契合中国传统文化。《西游记》中主宰天地的玉皇大帝穿着中国皇帝的衣冠，太白金星、托塔李天王和二郎神等对他唯命是从。中国民间神话中的妈祖扶正祛邪，为下海捕鱼的渔民消灾避难，钟馗则专为老百姓撑腰壮胆，辟邪打鬼。中国文化创造的神，要么是仁，要么是恶，要么是正，要么是邪，泾渭分明。古希腊神话里的神则多有七情六欲和自身的不足。古希腊众神演绎着类似人间的爱情故事，连维纳斯这样掌握美与爱的女神也偷情。古希腊的神还在乎经济发展，赫菲斯托斯是管锻造等工艺的火神，赫尔墨斯是管经济的神。古希腊的神还在乎学习、在乎婚姻，雅典娜是智慧女神，掌握法律、科技和劳动，赫拉天后是妇女保护神，掌管婚姻和生育。

四

人把自己当作神是人的悲剧。人在自身力量强大的时候会渴望成为人中之杰、人中之神。中国历代帝王都认同"君权神授",虽然自身肯定是凡胎俗骨,却相信自己是真龙下凡,是天之骄子。人把自己当作神,这个人就可能是个坏人、恶人、罪人。因为神需要众人的崇拜。为自己的名利强迫别人、支配别人、蛊惑别人,就是坏人、恶人、罪人。社会上不时出现的五花八门的邪教就是如此。

五

人羡慕神,神羡慕人,人与神演绎"围城"。

人生在世,可谓"压力山大",不断为钱、为情、为事业而心力交瘁,但人是辛苦、痛苦并充实、快乐着。儿童时在墙根下抓蟋蟀,少年时心怀梦想激情飞扬,成年时操劳衣食住行,晚年时悠闲于扑克、麻将,平凡中寓着快乐。神无所不能、随心所欲却无趣、寂寞着。中国有许多神仙羡慕人间的故事,连玉皇大帝的女儿七仙女都千方百计地嫁给普通农民董永,修行千年的白蛇想嫁给凡人许仙。天上月亮的阴晴圆缺周而复始,味同嚼蜡,人间的离悲欢乐各不相同,丰富多彩,曲折动人。

尽管长生不老、无所不能,但神终究不如人,因为博大精深的思想属于人,神是人的想象,神只是人思想中的一小部分。宗教中神的位置显著,东方的易经哲学和儒家文化中却没有神的位置,只有人的思考。马克思的唯物主义是人类献给世界的哲学思考,现代科学文化知识是人的思维结晶,给予世界超越神的力量。

六

今天的人就是过去的神。放飞思想的翅膀来虚构神话是一种智慧。你看,过去的奇思妙想在今天已经变成了现实。

今天人的能力已超过古代神话里神的能力。古代人创造的神具有上天入地的能力,《西游记》里记载,由天地精华炼成的石头所产生的孙悟空一个跟斗能翻十万八千里,但他翻来翻去也无法离开如来佛祖的掌心。今天的宇航员在二十世纪六十年代就超越了孙悟空,他们驾驶宇宙飞船可以绕着周长 4 万公里的地球转他个万儿八千转;而今天的卫星定位系统远远超过了如来佛祖的法力,地球上一切移动的东西都在它的掌控定位之中。《西游记》还记载,天庭玉皇大帝手下有两个具备特异功能的神,一个叫千里眼,一个叫顺风耳。在今天的互联网时代,近十亿国民都具有超越千里眼、顺风耳的能力。在视频通讯时,人们即使相隔千里万里也能看到对方的身影,听到对方的声音。《封神演义》里记载的雷震子手持一条黄金棍,一棍子下去如风雷霹雳炸掉半边山。二十世纪初期第一次世界大战时飞机轰炸的威力就远超雷震子,而如今世界上各大国贮存的原子弹、氢弹能使地球毁灭许多次。

无论在东方还是西方的古老神话里,神都是长生不老、生命永恒的。今天的人虽然还没有达到古老神话里的长生不老,但人的寿命在不断地延长,九十多岁的人比比皆是,百岁老人亦很寻常。而医学的不断进步令人对生命永恒充满期待,今后若纳米机器人医生能进入人体医治各种绝症,人的寿命将再次突破极限。

七

人类不断地向前发展的征程中充满挑战。挑战之一是地球上国家之间的争霸。国家间力量对比最直接的表现是武器,目前地球上几个大国贮存的大规模杀伤性武器的威力是神话也不敢想象的,它可以使地球自身多次彻底毁灭。挑战之二是在今天,人类正分化成少数的"神"和广大的人两部分,这种两极分化有愈演愈烈的趋势。一方面,少数人占有巨额财富而随心所欲过着神仙般的日子;一方面,亿万贫困人口生活艰难,战火中的难民更加苦难。具备更先进生产技术的企业垄断资源,在市场导向下加剧财富集中。

生活在地球上的几十亿人一定要正视挑战。人类是命运共同体,地球是人类的挪亚方舟,国家间要制定共同的行为规则,在讲和谐、讲包容的同时有效制止违反规则的行为,绝不允许核战争的出现。人具备神的力量是把双刃剑,你剑出鞘的同时就有可能伤了自己。人类要真正建立共同富裕、共同发展的和谐社会,在这一进程中要有宽阔的平台,让更多的人在同一起跑线上,让更多的人参与进来。

八

在宇宙中,太阳是渺小的,地球是渺小的,依托于地球的人更是渺小的。

人把自己当作神是悲剧，因为神需要崇拜，而崇拜是虚幻的。古代政治文化宣扬"君权神授"，皇帝是龙的化身，是天子，是万岁，但历史上皇帝中具备雄才大略者并不多。太平天国的领袖们认为自己是"上帝之子"，天王万岁、东王九千岁、西王八千岁、南王七千岁、北王六千岁，搞得太平天国等级森严，腐败堕落，比当时的清王朝有过之而无不及，因此埋下失败的种子。太平天国东王为争夺最高权力，自称"天父下凡"，迫使天王将自己由"九千岁"封为"万岁"，从此兄弟相残，内乱蜂起，太平天国成了历史中的一个匆匆过客。在现代社会里，也有一些邪教的领导者自封为神，其杜撰的异端邪说根本站不住脚，其行动已经或即将受到法律的制裁。

人在能力不断增强的时候也要谦虚谨慎，不断学习和创造，争取更大的进步。在广阔的宇宙中极可能有比人能力更强的智慧生命。如果人具备了寻找宇宙中其他智慧生命的能力，如果其他星球的智慧生命降落地球，那么人与其他智慧生命会不会华山论剑？地球人的能力如果低于来自天外的智慧生命，地球人会不会被控制被奴役？我们人类应当知道人在地球上所创造的奇迹在宇宙间是微不足道的，我们要永远不满足于已经取得的成就，大力开发大脑基因里的神性，不断地去创造人间奇迹。还要有能力把自身的事业办好，真正组成地球上的人类命运共同体，以抵御宇宙间的各种风险。人类进步的脚步永远在路上。

成与败的玄机

人类历史记载成与败,文学作品描绘成与败,电影电视播放成与败,每个人都经历成与败……从历史到现实,成与败如诡云谲雾,交织变幻,如影随形,充满玄机。

玄机之一,成与败之间的距离也许只有一厘米。把负重前行的老牛压垮的往往是最后加上的那一根稻草。明末崇祯皇帝朱由检继位后铲除祸国殃民的阉党,勤于政事,生活节俭,还自我反省六下"罪己诏",曾一度使明朝有了中兴的可能。然而崇祯在位期间多灾多难,大旱不断,瘟疫暴发,内有多处农民起义,外有后金政权虎视眈眈。在这个节骨眼上,生性多疑的崇祯中了后金的反间计,把自己起用的常胜将军袁崇焕凌迟处死。袁崇焕被冤杀,其实是明朝倒了中流砥柱,可惜崇祯至煤山自缢时都没明白这一点。

玄机之二,成功的持久持续依赖文化的力量。中国历史上曾有多次非汉族的人当帝王,南北朝、五代十国时期有,延续百年以上的元朝和清朝分别是蒙古族和满族人当帝王。然而中华文化却从来没有中断过,这是因为中华文化源远流长、博大精深,具备极强的生命力、凝聚力和向心力。蒙古族帝王、满族帝王自然而然把中华文化和中华伦理奉若神明。而马克思主义在中国社会发展生根也必须与中华文化相结合,形成有中国特色的社会主义理论来指导中国革命和建设实践,否则,不会成功。

玄机之三,成功是置之死地而后生,失败往往是胜券在握时犯了错。秦末,项羽担任楚军主帅去对付兵力数倍于己的秦军,下令士兵只带三天干粮,砸碎全部行军做饭的锅,渡河后把船全部凿沉,将士们只有死战一条路,无不以一当十,把秦军打得大败。三国时期,曹操八十万大军在长江之北待命出征,对岸孙权刘备联军只有十余万人,然而曹军为解决北方士卒不习惯水战的问题,将各舰船首尾相接,人马在船上如履平地,但诸葛亮和周瑜抓住曹军这一弱点,智用火攻,以少胜多,以弱胜强,曹军徒有几十万人马,却最终兵败如山倒。

玄机之四,失败孕育成功,失败的血泪是成功的乳汁。春秋战国时期,吴越两国交战,越国被打败了,为了越国领土不被吞并,越王勾践为吴王夫差喂马,数年后才得以回国。勾践回国后艰苦奋斗,卧薪尝胆,积聚力量打败了吴国,后来越国大军渡过淮河成为中原霸主。现在小学课本有一篇文章叫《第八次》,讲的是欧洲苏格兰遭受别国的侵略,王子布鲁斯带领军队进行抵抗,一连吃了七次败仗,走投无路。布鲁斯受伤躲在一间磨坊时,无意中看到蜘蛛结网一连结了八次才结成,布鲁斯被蜘蛛这种百折不挠的精神感动,重新振作起来,召集被打散的军队,动员人民抵抗,终于打败了侵略者。

玄机之五,成功暗藏着失败,成功把握不住会导致最终的失败。洪秀全、杨秀清等人在广西金田举行农民起义,很快打败了清廷军队,占领大片土地,定都金陵,成立太平天国。在一派大好形势下,太平天国领袖腐化堕落起来,几个重要的王之间争权夺利,互相残杀。内耗使太平天国元气大伤,从成功走向了失败。二战伊始,法西斯德国在不到两年时间内，占领捷克、奥地利、波兰、挪威、丹麦、荷兰、比利时、法国，其中占领当时的军事强国法国只用了一个多月的时间。接着，德国用航空兵加装甲部队发动闪电战攻击苏联，仅半年时间就直逼莫斯科。但谁也没想到，苏军依靠迁移到西伯利亚的工厂源源不断地生产武器弹药，在这几座城市展开殊死反击，后备力量不断加入战场，而德军战线太长，持久作战力量不足，上百万德军被反包围而精锐尽失。德军从成功走向失败。

玄机之六，战略上的失策使再大的战术成功都无济于事。十九世纪初，拿破仑是法兰西皇帝和卓越的军事家，曾指挥六十余次大的战役，其中五十多次打了胜仗，沉重打击了当时在欧洲各国处于主导地位的封建势力，捍卫了法国大革命的成果。后来拿破仑指挥的一些战争则是侵略扩张，掠夺别国的财产，如入侵西班牙，进军俄罗斯。战略上的失德和失策使拿破仑指挥的军队遭遇了莫斯科和滑铁卢两次大战的失败，其本人被流放荒岛。二战期间，日本为了称霸太平洋，海军司令山本五十六率航空队偷袭美国海军基地珍珠港。当日本欢呼太平洋霸主地位指日可待时，却没有想到，正是由于这次偷袭所带来的耻辱，使美国铁了心参战，形成了美、苏、英、中等国在内的世界反法西斯联盟。日本偷袭珍珠港的成功，恰恰是其走向失败的开始。

玄机之七，失败后的成功。屈原是战国时期楚国的官员，娴于辞令，博闻强记，颇具才华，全身心致力于楚国的富强。他一直奋发努力，却被诬陷，遭国君流放。秦军攻破楚国郢都后他悲愤不已，自沉于汨罗江。屈原的一生看似失败了，但他的爱国主义精神受到后人的景仰，他所著的《离骚》《九歌》流芳百世。关羽是三国时期蜀汉五虎上将之首,在军政生涯中,水淹七军,镇荆州,战樊城,出襄阳,擒于禁,斩庞德,威震华夏。后来,关羽大意失荆州,走麦城败亡战场。关羽虽战败身亡,但其一生"天日心为境,春秋义薄云",被后人誉为"武圣"。屈原和关公,因失败而身亡,因去世后青史流芳而成功。

玄机之八,成功后的失败。汪精卫年轻时,便是才华横溢的革命家,在《民报》上发表《民族的国民》《革命之趋势》等气势恢宏的文章痛斥康、梁保皇谬论。谋刺摄政王载沣被捕后,他在狱中写下"慷慨歌燕市,从容作楚囚。引刀成一快,不负少年头"的豪言壮语。还是这个汪精卫,在"七七事变"之后,中华民族危急存亡之际,公开发表"艳电",鼓吹与占领大片中国领土、蹂躏中国人民的日本"善邻友好,共同防共,经济提携"。尽管汪精卫其后当了五年的伪主席而自以为有了成功的人生,但从"艳电"发布的那一刻起,他已经被永久地钉在历史的耻辱柱上。

纵观古今,成与败的玄机远不止上述几点,但成与败的玄机有其偶然性,也有其必然性,玄机中亦有规律可循。

国家兴亡成败的规律大致有两条。一条规律是"其兴也勃焉,其亡也忽焉"的历史周期律。战国时期群雄争霸,胜利者乃是最富于进取精神的秦国。但秦始皇灭掉其他六国后,实施暴政,不准有文化的人对国家大事发表议论,进而焚书坑儒。其严酷统治引发陈胜吴广起义,带来群雄并起,秦国很快就灭亡了。唐朝初期,唐太宗以隋亡为戒,对朝臣知人善任,对百姓戒奢省兵,轻徭薄赋,为盛唐的到来打下基础。然而唐朝晚期,在黄巾军起义的冲击下,唐昭宗成了傀儡,唐朝已名存实亡。历史上开国的皇帝都很有本领,会打天下也会治天下。

末代皇帝不是暴君就是昏君,难逃灭亡命运。另一条规律是:"得道多助,失道寡助。"这个道就是民心民意。抗日战争胜利以后,蒋介石八百万军队为什么被小米加步枪的共产党领导的人民军队击败?民心所向是关键。第二次世界大战之后,为什么亚非拉一大批殖民地国家获得独立?主要是人民对殖民者的坚决反抗,在不发达国家也掀起了民主和人权的浪潮,民族独立解放是广大人民的意愿。

俯瞰人生,成功者必然具备两个要素。一是要有敬业心和进取精神。天上掉下的馅饼只能是水中月、镜中花。在科学上没有平坦大道可走,只有在崎岖小路上不畏艰险的人,才有希望达到光辉的顶点。决定人生成败的另一要素是人格。投身汨罗江的屈原、兵败丧命的关羽,由于其人格的魅力,受到后人心悦诚服的景仰;当上"主席"的汪精卫委身日寇,丧失人格,遗臭万年。世间淡泊名利、辛勤劳动、诚实为人、家庭和睦的普通人生亦是成功人生。社会上少数官员和企业的老总习惯于用权力去寻租,处心积虑地躲避法律和纪律的制裁,但他们留给后人的资产是被玷污的人生,是后人的难言之隐。这种"成功"人生的背后是失败。人的一生应该在阳光下奋斗,坦坦荡荡,以德为先,讲求人格,这才是留给后人最宝贵的财富。

立交桥与次生林

　　少年时偶读古诗，就对陶渊明和王维的诗情有独钟，神往于"暧暧远人村，依依墟里烟""明月松间照，清泉石上流"那种有些空灵、有些缥缈、有些恬静的村野风光。好几次夜里做梦，梦见自己变成了古人，和几个文友拾级攀登至半山腰的草堂上，对酒当歌。正是潜意识中的这点念想，使我在一个周日的下午踱步于郊外的那片次生林。在落日余晖的映衬下，小河缓缓地流淌，风吹涟漪闪动些许波光，倒映着千姿百态的树影；草地抚摸着脚板，野香舒爽着胸襟。透过斑驳的树林眺望，天空排云直上的飞鸟，远处落霞依偎的山林，构成多么灵动的一幅山水画卷！静穆中聆听鸟语、虫鸣，多么迷人的大自然轻音乐！真有点飘飘欲仙了，消失了无名的烦恼，滋生出快乐的心情。

　　忽然有一天，次生林没有了，这里变成了城市外环路上一段立交桥路，宛如一条灰龙俯身摆尾，龙鳞是延绵连接的车流，龙声是车与风摩擦出的浑厚男低音。夜晚，蜿蜒灯带交相辉映，立交桥下那无名的小河，也荡出龙宫的幻影。我走上立交桥环顾四周，寻觅次生林的痕迹，只看到一丁点儿，那就是桥栏上绑着的木柜里的那些花草。这些花草都是同一个模样，没有一点野性，这不能算是次生林。看到这里，心中莫名地升起惆怅，我多么想再次看见那片次生林。

　　站在立交桥的人行道上，看着一辆接一辆汽车风驰电掣，能感受到时代脉搏的激越跳动,而闭上眼睛,眼前总是浮现那片次生林鲜活的倩影。谁更令人心仪呢?

理智告诉我是立交桥,因为立交桥是现代化的缩影。现代化好啊!现代化是人类的追求、人类的成就、人类的骄傲。现代化的人类"可上九天揽月,可下五洋捉鳖"。驾驶宇宙飞船,人类的双脚已经踏上了月球,人类制造的探索器正在环绕火星,中国人制造的载人海洋探测器可达水下数千米的海底。现代化使网民们都有"千里眼""顺风耳",你在乡村鱼塘钓鱼时,可以和远在伦敦留学的女儿视频聊天。现代化使人类都有孙悟空翻筋斗云那般的本领,你乘坐飞机,早上在地球的这一边,晚上到地球的那一边;你乘坐高铁,早上在广州,晚上就能到哈尔滨。从中国看,多少年来现代化就是一个梦想,一百多年前,大清朝那席卷中原大地的八旗马队,排山倒海地奔腾而来,然而在八国联军洋枪洋炮面前只是一堆被秋风扫落的树叶。二十世纪三十年代,岛国日本在中国几百万军队的抵抗下竟很快占领大半个中国。重庆、武汉遭日军飞机大轰炸,中国人只有躲的份儿,血肉横飞、满目疮痍。从十九世纪七十年代洋务运动开始,中国有识之士就有了对现代化的追求,却只学表象不学内核。一直到二十世纪八十年代,中国才因改革开放搭上了全球化的列车,迈向现代化的康庄大道。改革开放使中国发展的进程一日千里,现在一个普通家庭拥有一套住房、一辆小汽车已十分寻常,中国现在的高铁和高速公路规模已超过欧美等国。中国的现代化真好,看得见摸得着,中国也有大国利器,不惧威胁。城里的困难户有低保,农民不用交农业税、交公粮……

可情感告诉我,我更心仪的是次生林,因为次生林是大自然的神韵。记得小时候夏天连风扇都没有,晚上只得在户外睡觉。那时夏夜幽静的天空星汉灿烂,牛郎星、织女星看得清清楚楚。而如今夜空总是灰蒙蒙的,能看清的星星屈指可数。是的,一百多年来,人类的科技水平扶摇上九天,经济发展的成就超过了以往几千年的总和。然而,人类在不断征服和改造自然的同时,也成了自然与生态环境最大的破坏者。人类面临臭氧层空洞形成、水资源严重污染、森林锐减和土地沙漠化等重大问题。人们需要富裕的生活,但富裕后更向往绿色的生活了。

立交桥和次生林,现代化的雄风与大自然的神韵水乳交融才令人心仪。中国传统文化的重要思想之一是天人合一。文化意义上的"天"是大自然规律,"人"是人所具备的奋斗进取精神,天人合一就是人与自然和谐统一。因人的奋斗进取而形成的现代化要从征服自然、改造自然走向顺应自然、保护自然。天人合一既是一种价值观念,也是必须付诸实践的准则。现代化是世界潮流,中国一刻也不能放松对现代化的追求,因为我们对落后就会挨打有过深刻的体验。由于过去差距过大,我们奋起直追,现代化的基础还不牢,现代化的成色还不足,还没有进入全球尖端科技和制造能力的第一方阵。中国还要跟上时代的潮流,争攀科技的顶峰,还要卧薪尝胆,还要有忧患意识,还要有更强大的国家意志。在中国的发展中,要渗透生态文明、天人合一的理念,既要金山银山,也要绿水青山,向污染源说不,向碳排放量大说不,向生长激素说不,向垃圾简单处理说不,要再现中国古代诗人所描绘的那些田园风光。要"榆柳荫后檐,桃李罗堂前",要"万壑树参天,千山响杜鹃"。

一看到立交桥就想到次生林悟到大自然,现代化与大自然要像古代传说中的雌雄宝剑那样,双剑合一。我神往于立交桥上跑的大都是不产生污染的电动汽车,以及烧天然气的汽车,希望能呼吸到新鲜空气;我更神往于立交桥下再现那片次生林的繁茂,小桥流水,鸟语花香。现代化内涵里要加入生态文明,加入环境建设,加入促进人的健康幸福和全面发展。"晴空一鹤排云上,便引诗情到碧霄",这样的现代化才能铭刻历史,引领未来。

幸福感悟

　　人生识字忧患始,因有忧患而对幸福有长久的企望。仓颉所造的这两个方块字就是证明。"幸"就是有钱有土地,"福"就是有饭吃又能不打仗过田园般的生活。和亲朋好友在一块拉家常,都有各不相同的酸楚和烦恼。"幸福"早已不是拆字所能诠释的了,我说一点自身的感悟吧。

　　艰难困苦是原材料,经过心血的配伍结晶为幸福,就像蜜蜂酿蜜一样,是酿造幸福的过程。我15岁那年到农村插队落户,第一次离开家乡到驷马山引江灌溉工程的工地挖渠道,白天爬坡挑土,晚上挤睡在草棚里。一个多月下来,上身的破棉袄扣子掉了,只能用草扎紧,裤子膝盖处磨了两个洞,鞋帮和鞋底快脱离了。一次坐车回到家乡的镇上,一头扎进热气腾腾的澡堂的那一刻,和亲人们一块吃饭的那一刻,简直幸福极了。二十世纪七十年代末,国家恢复高考,当了八年木匠且只有初一底子的我决心搏一回,向工程队请半个月的假复习迎考。正赶上大热天,于是在家中的水泥地上泼上水,摆一块破凉席当桌椅,一天十几个小时攻克语数外……在高考后一个月的一天早上,邮差送来了大学录取通知书,那一刻,我满怀憧憬。这些经历,使我理解了幸福是人的体力、智力、毅力的动员、付出和融会贯通,是与艰辛搏斗后迎来的柳暗花明。

幸福的秘诀在于奉献和分享,那是铭心刻骨、难以忘怀的。18 岁时我是某建筑公司的一名木工,有一天我在建筑工地三层楼面钉壳子板,突然发现上面有块砖被砌墙的人踩落往下掉,我下意识地伸胳膊往掉砖的方向挡了过去,让一起干活的工友避免了受伤。自己的胳膊肿痛了三个月,但痛苦并快乐着,三个月内疼痛无时不在,而快乐也是透心的,有荣誉感的。最近看了电影《杨善洲》,夜不能寐。他退休了不去春城昆明的干休所颐养天年,而是自找苦吃,带领一批乡亲一干就是二十来年,硬是把一座荒山变成了一座青山。杨善洲的幸福在于奉献,他把价值三亿的农场交给了国家;杨善洲的幸福更在于分享,他带领乡亲一棵树一棵树地把荒山变成了森林,改变了当地的小气候,把幸福的雨露播洒在上百万人的身上。这就是杨善洲的生命价值,这就是杨善洲的幸福人生。

不知为什么,人生中幸福事带来的幸福感总是短暂的,有的甚至只在一瞬间。古人说洞房花烛夜、金榜题名时最幸福,可我的体验是,结婚后家务琐事充斥,有了孩子更是操碎了心,生病发烧必须彻夜守候。你被提拔任用当然高兴,但沉甸甸的责任又平添了几多辛苦,而人际关系似乎更复杂了。幸福往往姗姗来迟却又悄然遁去。记得我上小学三年级那年,看电影《铁道卫士》,脑海里尽是男主人公身穿中山装那威武的样子,心驰神往。父亲知道我的心思,破例到镇上的缝纫店给我做了一件浅黄色的中山装。我穿上后头昂得老高地去上学,还得意地在同学们眼前晃来晃去。一位同学不知为什么用圆珠笔在我的胸前划上两道杠杠,顿时,我那美滋滋和飘飘然就消失得无影无踪。一九九一年,我到腰铺乡(今腰铺镇)搞农民抛田一事的调研,写下了《土地,你的魅力呢?》一文,当年在《中国农民报》上刊登了。当时我从事文字秘书工作,对此颇有成就感。但不久,我又深入研究,发现文中的观点不够深刻,现在看来,有的已近于肤浅了,而当时的成就感也就消失了。生活的经历告诉我,幸福就是一个追求目标的过程,一个过程结束了,幸福就变成雨后的彩虹,彩虹过后,或烦恼或思索或鞭策或迷茫总是接踵而至。幸福就在知道自身的不足,然后去改变它的过程之中。知耻而后勇,知不足而改进,不断去努力去奋斗,这就是幸福。

心　曲

一

　　心曲来自心田，源于生活，是人的精神奏鸣，可谓此处无声胜有声，心海翻卷诉心声。

　　人的一生都在谱写属于自己的心曲。新生儿的啼哭是宣告"我来了"的嘹亮的序歌，在学校上学是一支"天天向上"的儿歌，少年怀春怎能不涌动心驰神往的恋曲？踏上养家糊口的征途是唱响努力奋斗的进行曲。历经磨难，难免奏出悲怆的旋律。事业有成，把酒临风，怎能憋住踌躇满志的心声？

　　人要唱响属于自己的心曲，走好人生的每一步，在人生的大舞台上展现自己的风采。你的心曲可以是"大江东去"的豪迈、万马奔腾的激越，也可以是春花秋月的缠绵、小桥流水的叮咚。你可以指挥千军万马，也可以躬耕垄亩，采菊南山；你可以在知识的大海上勇立潮头，挥洒自如，也可以在生产线上装卸点焊，巧夺天工；你可以在讲堂上指点古今，也可以在林荫道上倾诉衷肠；你可以在闲暇时下笔如有神，也可以在夜阑时分轻歌曼舞。你的心曲只要是从你的心田流淌出来的，那就是一首属于你的、有独特意境的、优美悠扬的心曲。

二

　　每个人都希望自己的心曲奏出的是幸福。

　　人在刚懂事的时候就有心中的梦,就向往幸福的生活。你想睡的床不再那么冰冷,你想天天不再吃萝卜青菜而可以大嚼红烧肉,你想在上体育课时穿上没有破洞的球鞋,你想自己写出的诗作变成铅字。如果你只是天马行空地想象,幸福就总是遥不可及;如果你为之不懈地努力,幸福就会来到你身边。你在假期出苦力挣钱,你便有了崭新的球鞋;你在睡觉前反复推敲,你的习作就可能得到报刊的认可。幸福怎么来? 不会自己从天上掉下来,幸福是从平凡生活的酸甜苦辣五味杂陈中慢慢酿出来的,是人的智力、体力、精力、毅力积聚来的。

　　人心中的幸福是物质的,更是精神的,物质的幸福很短暂,得到了也就消失了。幸福是什么? 幸福就是追求目标的过程,达成目标了,幸福就变成了雨后的彩虹,然后渐行渐远消失在天际。这时你心中的幸福需要新的追求目标,新幸福就是追求新目标的九曲连环的过程,幸福的持久赖以不断地追求新的目标。

　　脚步不停地去奋斗去追求,你就有了持久的幸福。

三

　　大自然赋予生物用异性相吸的方式来繁衍后代,两情相悦是人的本能和生活的动力。恋是心曲中妙不可言的乐章,永铭心中。你喜欢的亲人、朋友是你爱的人,你想与之成为生活伴侣的异性是你心爱的人。青少年时的你一定在心中暗恋着谁,白天在她可能经过的路边躲着,夜晚脑子里尽是她的面容笑貌。初恋是可以回味一辈子的美妙记忆。你的情书写了又撕,撕了又写,寒夜里徘徊在她的住所旁边,这是你羞于和别人说的秘密。

刚上中学时你发誓不和女同学说话,这其实是你情窦初开的表现。你其实没那么高尚,看到漂亮的女孩总想多瞟几眼。偶然和美女一起学习,你会怦然心动,表现得彬彬有礼。欣赏异性美是人的天性,但追求异性美要遵循道德规范,这是人的德行。不和异性交往的生活索然无味,和异性交往时要把握分寸,襟怀坦荡,相互尊重,以道德为准绳,以规矩成方圆。以满足生理需求为目的追求异性是与禽兽比肩,对异性失却人伦的动物性追求是无耻之最。

四

有爱才算人,有了爱人才能繁衍生息,爱理所当然也应当是心曲的主旋律。

人首先要知道你出生在哪里,要爱生你养你的那片热土。中国是有着数千年历史的文明古国,中国人有高度的文化认同和凝聚力。爱国是中国人最起码的道德。要珍惜中国的每一寸土地,从南国珍珠般的岛屿到北国的林海雪原,从东海连通世界的港口到青藏高原的世界屋脊。中国人应拿出爱国热忱并付诸实干,让科技争一流,城乡更宜居,沙漠变绿洲,山川更美丽,精心打造我们的家园,共同创造新的辉煌;要用我们的血肉筑起新的长城,维护国家和民族的尊严,绝不容忍任何国家往祖国母亲的眼睛里撒灰。

仁是中国传统文化中的核心道德理念。"仁者爱人",仁就是爱。人人心中有爱,世界就充满了爱。爱是给予更是收获,你全心全意为人民服务,为社会倾心尽力奉献你的智力、体力、精力,你自己就崇高起来。你努力帮助弱势群体,你就有了体现生命价值的精神愉悦。你呵护自己的儿孙们,教育他们健康成长,你就有了天伦之乐。如果一个人一切都以自我为中心,心中没有爱,那他就是一个精神上的残疾者,是人中的兽类。爱是相互的,需要人用心来传递,如果你用爱做幌子来达到个人的私欲,甚至骗人坑人,那就比赤裸裸的自私更可怕。

<h2 style="text-align:center">五</h2>

忍是心曲中释放强大内功的和弦。

忍是心上的一把刀,能在柔软的心上放上刀一定是弹性、韧性十足的胸怀。勾践能卧薪尝胆,韩信能忍受胯下之辱,是因为他们心中有理想有信念,有为实现理想信念而忍辱负重的坚强意志。

忍让是一种人文修养。中国传统文化强调刚柔兼济,忍是柔的一种形式,是抓住主要的,忽略或放弃一些次要的东西。人们思考问题时常常站在自身的角度,用自己做尺子来衡量别人,因此孔子要求大家"己所不欲,勿施于人"。亲人之间血脉相连,理当忍让。后辈对长辈要忍让,也许他关心你不够,也许他没为你做什么,但你想想自己是从哪里来的,还有什么不能忍让?长辈对后辈要忍让。你可能做事不从后辈的角度考虑,你可能对某位后辈有偏爱,不能一碗水端平,湿了自己的手,寒了孩子的心,但长辈把后辈当朋友,将心比心,就能以心换心。

和朋友、同事相处也要学会忍让。无意间说你一些坏话是无心的,其实他心里还是认可你的,他可能对你不咋样,甚至干了一些不该干的事,说了一些不该说的话,但你的谅解会使你的人格高他一截,他会内心无地自容,然后悄悄地改正。然而忍让是有规则、有底线的。有原则的忍让是美德,无原则的忍让是怯懦。不要对蛇一样的恶人忍让,而要坚决捍卫自己的权益。逢迎是忍让的一种。有原则的逢迎是一种智慧,一种人生艺术,对长辈、对上级要善用这样的逢迎。无原则的逢迎则是缺人格、拍马屁。

六

怨与恨是心曲中低沉的乐章。

人的命运各不相同,有的生活在世界的高端,从小就享受荣华富贵,而更多的人则生活在金字塔的底层,人生的起点就落后于别人,于是心曲中难免有怨,怨自己不能和别人站在同一起跑线上,怨自己再怎么努力也挤不进上流社会,怨世界太不公平。人要正视现实,不要怨天尤人,虽然人生起点落后,但持续地追赶,你也能走在同代人的前列。反过来说,有了好的人生起点而不努力,最终也会被时代淘汰。自古雄才多磨难,从来纨绔少伟男。成功富贵不可能世袭,奋力一搏,弯道超车就可以逆袭。

生活多变悔常有：上中学时后悔小学的基础没打牢，上大学时后悔中学的学习不扎实；工作了后悔专业没选好；想成家了，后悔前几年房价便宜没买房子；努力升职时后悔曾无意间得罪过上司……后悔有两种：一种是后悔没把事情做好，然后吸取经验教训，以利于把下一次事情做好；一种是自己触碰了做人的底线，造成悔之已晚的局面，还是不要让这样的后悔出现为好。

<h1 style="text-align:center">七</h1>

夫妻双方的心曲应当是相互唱和的和弦。家是心的港湾，夫妻当同心合力，否则，人在家心不在家，家就失去了灵魂。和不能交心的人同在一个房檐下，你会长久地心痛。

也许他（她）不是你的梦中情人，也许你们志趣性格不同，也许生活的烦恼使你对一切烦躁，也许他（她）背着你和别的异性有些暧昧，也许你们在地位和能力上的差别形成了鸿沟，但你也要努力经营爱情、经营家，不要忘了婚姻殿堂上的誓言和承诺。爱是需要呵护和培育的，爱是夫妻之间永恒的纽带。相互陪伴一直到老，老到哪儿都去不了，依然是你手心里的宝。

日夜相守互爱造就亲情。夫妻关系的最高境界是没有血缘关系胜过血缘关系，充满骨肉亲情。夫妻关系发展为骨肉亲情的家，满满的都是温馨，什么力量也摧不垮，就不会"夫妻本是同林鸟，大难临头各自飞"。

八

　　心曲中最柔软的部分是什么？是儿女，更是儿女的儿女。这点玄机我到知天命的年龄后，有了孙儿才真正悟得。从捧着粉嘟嘟肉乎乎的龙凤胎孙儿那一刻起，孙儿注定是你的心头肉。刚蹒跚学步就带他们满大街地串，告诉他们这是什么那是什么。带他们到公园玩，遇上大雨，就把身上的衣服脱下来抱上他们，赤膊向家中狂奔。他们生病发烧了，就整夜守在床前不睡觉，听到咳嗽声便戳心地痛。血缘亲情发自本能内心，是人类天然的无私情感，你在给予后辈爱的同时也得到最快乐的精神慰藉。

　　不要把你的爱变成宠。你不要把你所爱的后辈泡在糖水里，养在温室里，不要一味满足孩子不该有的欲望，否则，你的爱就成了害。你对孩子要怜爱，吮吸爱的乳汁的孩子有放松的心灵，会产生你意想不到的成功。刚上幼儿园时，你绘声绘色地给她读《格林童话》，她听了几遍后竟无师自通地自己读了起来，和你一样的神态语调，她理所当然地成了幼儿园的小主持和故事大王。你对孩子要柔中带刚，爱中有严。其实怜是爱，严也是爱，是殊途同归，都是希望孩子健康成长的爱。

我的陋室

我喜欢诵读唐代刘禹锡的短文《陋室铭》。"山不在高,有仙则名。水不在深,有龙则灵。斯是陋室,惟吾德馨⋯⋯"每读之都感悟颇多。刘禹锡写的《陋室铭》是愤慨之作。他因革新失败而被贬至安徽和县当一名通判。知县知其被贬失意,故意刁难他,半年间让他三次搬家,最后只给他一间只能容下一床、一桌、一椅的小屋。他愤然提笔写下《陋室铭》,并请人刻在石碑上,立于门前。

这一次我又读《陋室铭》,不由得想起我少年时曾经拥有的陋室,并于假日回到了当年插队的来安县舜山乡(今舜山镇)炮嘴村。

虽知道我的陋室早已被扒掉,但还是鬼使神差地去看我那魂牵梦绕的"陋室"。眼前的一切已不是记忆中的模样了。溪道沟、麦场、菜地都不见了,只有笔直的环村路和零落的楼房。我闭上眼睛,屏住呼吸,当年陋室的模样又浮现了:暗黄色的土墙,油黄色的麦秸屋顶,桐油色的松木门窗。左边是堆满谷草的黄土麦场,右边是阡陌相连的黄色土地,这一切构成了朦胧的梦幻般的和谐组合。这种色彩拨动着我的心弦,心中荡起淡淡忧伤的旋律。我的眼睛不由得湿润了。

一个身无分文的少年怎么会有属于自己的陋室呢?1968年我是15岁的少年,报名参加全县第一批知识青年上山下乡。当年在来安这个小县城,插队落户大都是走亲靠友。我家在来安属外乡人,无亲无友,便被分配到舜山公社。到了公社大礼堂,其他人都被人领走了,只剩下我一人。之后炮嘴村杭郢队的张队长把我领到了他们队所在的村庄,安排我住在一位村干部家。这一家人质朴善良,将我视同家人,我能吃得饱睡得暖。但我执拗地总想独住,于是我鼓起勇气向张队长提出用下放拨得的零点三方木材盖房自住。张队长看我涨红的脸和怯生生的样子,犹豫了一会就哈哈一笑答应了。这对我来说简直是美梦成真,福从天上来。张队长说干就干,队里人出工出力,不到一个月,两间小房就建成了。那时我身无分文,也就没花一分钱就住进了崭新的茅屋。

一个孤单的少年插队落户,缘何非要独住呢?有两个原因,一个是我睡梦中常常会大声惨叫。怎么会在睡梦中大声惨叫呢?主要是少年的我被自己头顶上地主出身的帽子压得喘不过气,常常在夜间做噩梦,感觉自己正掉下无底的深渊,在一片漆黑中飞流直下般地坠落,引来声嘶力竭的惨叫。梦中的惨叫是我在插队时的心病。插队借住在村干部家,他们对我很好,如同家人,但我受不了。我天天克制自己,努力在晚上不睡得很沉,担心睡熟后在做梦时大声惨叫,故而眼圈总是黑黑的。那时总想自己能睡上一个好觉,这是我固执地要独居的主要原因。我想一个人住的另一个原因是喜爱在晚上读书。我刚上初一就赶上"文化大革命",虽有初中毕业的文凭,但只有小学文化程度。语文里的文言文好多不会读,字不认识,数学只学到一元二次方程,历史、地理、物理、化学更是一片空白。而少年的我总憧憬自己无所不能,能读书破万卷,会各种乐器,会机械和木匠、瓦匠的手艺,总之,有太多的追求和幻想。我从家里带来的数十本书没地方读,如果我有自己独住的房子，夜深人静的时候想怎么读就怎么读，那是多么美妙的时刻。

　　陋室建成后，成了我这只刚学飞的孤雁的生活栖息地。衣，小屋里有一个放衣服的小木箱，粗布且带补丁的衣裤有几件。食，小屋外面砌了一个独锅灶，可以经常煮白米饭吃。家里给的零用钱可以两天吃一个鸡蛋。春天里煮过豌豆，秋天里煮过花生。睡，用土坯在里间砌了一张床，铺上芦席又铺上被褥，冬暖夏凉。学，小屋里有一张桌子和一把小方凳，加上煤油灯，看书有了正儿八经的地方。基本生计问题解决了，我随即进行了小屋的内部装饰，没花一分钱，我用自己拙劣的书法作品，贴出了一个心中的小屋。双扇门上，贴的是《智取威虎山》中杨子荣的唱段："来日方长显身手，甘洒热血写春秋。"土坯床边的墙上贴的是"我觉得一个人应该能文能武，有道德，有学问，又有健强的体魄，才是完全的人"。摆着数本书的书桌上方的墙上贴着"知识就是力量""书籍是人类进步的阶梯"。锅灶上贴的是方志敏的名言："清贫、洁白朴素的生活，正是我们革命者能够战胜许多困难的地方。"在摆放几件农具的墙角上贴着鲁迅的话："吃的是草，挤出的是牛奶、血。"我在小屋生活的近一年里，生产队的农活一天也没少干，比农村少年干得还多，没有察觉到苦和累。有了小屋就像在农村有了一个家，什么困难都不怕，什么样的坎都能过。生产队分给我花生和山芋，下午收工后，我挑上近八十斤担子往二十里外的县城家里赶，肩膀磨肿，磨破了也不在乎。在离县城五里处，我实在挑不动了，就咬着牙，嘴里念叨着"一二三四五六七八九十"，数到"十"停下来休息，一分钟后再数到"十"，循环反复，到家后担子一放，倒床就睡着了。在小屋里一个人生活、劳动,磨炼出能吃苦耐劳的意志。1969年冬,我主动要求赴百里以外的驷马山引江灌溉工程的工地劳动,几十个人住一间草棚,吃的蔬菜是大锅蒸熟的,几十天没洗过脚。早上五点起床挖渠道沟,累到浑身上下酸痛不已是家常便饭。由于吃的菜里没油,大便干结造成直肠开裂,痛得不能坐椅子。就这样,两个月的连续苦干照样挺下来了,工程结束回家过年时,棉衣破了,裤子破了,鞋子开了嘴,把草绳系在腰上防寒风。到家时在澡堂洗个澡,大叫"太快活了"。这样的心情与小屋里读书励志的陶冶有关。

陋室建成后,更成了我心灵的栖息地。尽管自己心头上始终压着沉重的铅石,夜里总是做在黑暗的深渊里下坠的梦,但是我的睡眠明显好转,晚上可以在梦中痛快淋漓地大叫,无所顾忌地宣泄情绪。住进属于自己的小屋,可以引吭高歌,可以自由地发发神经,可以大声朗读喜爱的诗歌;更令人向往的是,可以经常做夜猫子了。

那时少年的我心灵在挣扎,也在憧憬。多少个夜晚,小屋的煤油灯溶化了挥之不去的郁闷和沙漠样无边的寂寞。我如饥似渴又囫囵吞枣地阅读所有能找到的书籍,四卷《毛泽东选集》通读过一遍。《毛主席诗词三十七首》读多了,就全背了下来,还仿写了若干篇诗词,现在依稀记得仿写《沁园春》,写游滁州琅琊山的头几句"扶雾腾云,羽化登仙,闯逛南天……"。古诗词中我只读了手抄的十多篇,其中特喜欢苏东坡的《念奴娇·赤壁怀古》和《水调歌头》,每每诵之似乎有大江东去般的豪迈。唐诗中,喜欢读李白的《梦游天姥吟留别》和《蜀道难》,但读了多遍还是似懂非懂。有一位要好的学长有不少好书,经他的推荐,我又读了一些。读《牛虻》时不知为何那么专注,一次当读到牛虻说"明天早晨太阳升起的时候,我就要被枪毙了"时,我双拳紧握并颤抖,多么希望自己参加革命,悲壮地死去。读《欧也妮·葛朗台》,怎么也不理解财富会有那么大的诱惑力,亲情会被自私淹没。在我当时的意识中,金钱没有什么用,衣食住行也无所谓,因为我身体棒,却不让参加基干民兵;歌唱得好又能吹笛子,却进不了大队宣传队……读书时,我在一个硬面本子上写摘录格言的读书笔记,当时这些格言警句成了我的生活指南。孟子"故天将降大任于是人也,必先苦其心志,劳其筋骨,饿其体肤……"给了我在逆境下生活的勇气和信念。马雅可夫斯基的诗句"世上没有比结实的肌肉和新鲜的皮肤更美丽的衣裳",也特别影响着我。我当时在生产队干活,从不戴草帽,浑身上下呈酱油色。我在小屋门前的那两棵树上绑了副木制单杠,每天早上做几十个引体向上。一天下来,绑的绳断了,所幸是木质棍,否则,门牙就没了。青年毛泽东说"自信人生二百年,会当水击三千里",使我硬是无师自通地学会了游泳。小屋右边的水渠成了我的泳池,从狗刨式打水进步到蛙式泳,令同庄少年叫绝。小屋是少年的我自修知识的学堂,承载着心灵的拼搏。若干年后,我以初一的底子,能在恢复高考后考上大学,在小屋里为抵御精神崩溃而读书可谓歪打正着。

我的陋室 1969 年 4 月建成,1970 年 10 月我离开陋室在滁县一家公司当木工,除去到驷马山工地的两个月和节假日在来安县城,我在陋室独住差不多有一年的光景。1975 年某一天,陋室不知何故被扒掉。陋室承载着我艰辛痛苦并快乐着的知青生涯,陋室孕育出我抗击生活和心灵双重压力的坚韧,陋室对我的一生来说是取之不尽的精神财富。陋室虽早已不存在了,但它永驻我的记忆里。

野 菊 花

滁州曲亭山区山野上那随处可见的不起眼的野菊花,曾经两次深深地拨动了我的心弦,留下的旋律至今仍在身边回响。

第一次是 1985 年深秋的一个下午,我作为市里的秋种工作组的成员,和华严庵村党支部书记一行数人行走在崎岖的山路上。忽然,身后有几个十一二岁的孩子急急地赶到了我们前面。其中一位小姑娘拄着一根拐棍,她的一条腿不知为什么被截肢了,和小伙伴一起快走得花更大的气力。她的脸上、头皮上蒸腾着热气,上衣从里到外都湿透了,背上的书包大得有些超常,书包上还插着一束野菊花。这几个孩子和我们擦肩而过的时候,我问他们为什么走这么急,那个残疾小姑娘抢着回答:还有十多里路要赶呢。她的声音清脆嘹亮,笑盈盈地、粉红的脸颊上显得充满朝气,眼神里看不出一丁点失去一条腿的忧郁,而是坚毅地透出对美好生活的向往。然后她很快消失在前面的山路上,看着她一起一伏艰难前行的背影,不知怎的,我鼻子酸酸的,眼眶里不由得盈满了泪。

我们一起走出山谷之后,眼前是一片冲田。由于连绵阴雨,冲田里一片泥泞,虽然是种麦时节的尾期,却几乎没有人在田里劳作。远远地看到一个人在耕田,走近一看,原来是一位四十岁左右的女子正在执犁。她黝黑的脸膛上满是汗水,上身那暗红色的毛衣蒸腾着热气，苍苍的发髻上插着两朵野菊花。村支书和她互打招呼，原来她是这里生产队的村民组组长。她丈夫有慢性病，两个孩子都在上学，是家中唯一的壮劳力，也是几户村民的领头人。这不，她把自家的麦子播种上了，又帮助一位孤寡老人在播种。说到她的为人和能力，乡亲们都竖起大拇指，说她什么事都是说到做到，说干就干。

晚上，我在乡招待所的床上久久不能入睡，白天见到的素不相识的小姑娘和女村民组组长长什么模样已经模糊了，但那插在书包上、戴在发髻上的野菊花还在脑中浮现，那一瘸一拐在山路上疾行的身影和那甩着鞭子耕作的身影还在眼前晃动。我在想，我那刚上幼儿园的女儿有一次腿扭了一下，我是一连几天背她上学的；而那位小姑娘小小年纪经历那么大的痛苦却能泰然自若，似闲庭信步。四十岁的女人在城里可是娇艳的少妇，抹口红打发蜡，当营业员嫌站得累，当纺织女工嫌吵得慌，当机关干部因仕途不顺而怨天尤人；而那位农村大嫂没有口红，没有得体的衣装，更没有稳定的收入，她靠勤劳的双手养活自己和家人，还不计报酬地帮助别人，她生活得很充实。山野里的野菊花随风而生，风把种子吹到哪里就扎根生长在哪里。喜欢野菊花的山里人具备野菊花的性格，从不埋怨命运的不公，无论在什么样子的环境下都能茁壮成长。他们像野菊花一样扎根山野，栉风沐雨，顽强地展示生命的力量；他们像野菊花一样漫山遍野，默默传达生命的朴素和美丽。

第二次是 2017 年深秋的一个中午。我和几个球友一道参加在大柳山区的户外远足活动，在离大柳镇不远的一处农家乐吃午饭。在这里用餐，一个人只用四十元，却吃得津津有味，不比城市里上千元一桌饭菜的质量差。用餐处窗明几净,服务人员彬彬有礼,每一个桌子上都放着一瓶花,瓶花除了康乃馨和百合,还有几株野菊花,令我格外心动。农家乐的老板是个年近四十的农家女,她化了淡妆还抹了口红,见客人来了就微笑地招呼。据说她除了开农家乐,还有网店,并承包了十亩山林,她的年收入在三十万元左右。你看她手机铃声不断,忙得不亦乐乎,一天只有 5 小时的睡眠时间,但忙并快乐着,爽朗的笑声感染着满座的客人。

回来后,我在想这个女老板为什么这样能干。据说她大专毕业后有过四次创业失败的经历,但她从失败中吸取教训,百折不挠。她的性格似乎也与野菊花的品格相似,在艰苦环境中也要生存下去、成长下去,不负如花的年华。她和我在 1985 年见到的两位女子相似,都扎根山野,顽强地与命运抗争。

前不久,我又一次踏上那条山路去看野菊花,发现整个乡村已经旧貌变新颜。镇上有了花园广场,有一排排整齐的楼房,超市、饭店、宾馆,一应俱全。走进山里,看到那沟沟边边依然生长着一簇簇金黄色的野菊花,这时我的眼前浮现出一个个山里女子的倩影,她们的生活芝麻开花——节节高,她们的形象健康又美丽。这时我觉得这些野菊花在不知名的野草的簇拥下显得格外艳丽,远远地看着,似乎嗅着了一缕缕让人心醉的清香。嗅着嗅着,似乎悟出了野菊花的品格,那就是不仅具备朴实无华却别有风韵的外表,更有艰苦奋斗、努力向上、扎根山野、展示生命的美丽内秀,这种内秀不正是大地的希望吗?

青菜豆腐

人们常说一句口头禅——青菜豆腐保平安，然而过去的我从心里并不认可这句话。青菜天天吃，不以菜香为香，只觉味同嚼蜡。豆腐嘛，一个星期能吃一回，比青菜的味道强一些。那时我们向往的主菜是萝卜烧肉或大白菜烧肉，那有嚼劲有弹性的肉，香喷喷、油乎乎，一想起来就咽口水。人到中年后，遇到了每天都可以大嚼各种肉类的好时光，不知不觉体重增加了五十余斤，有了高血压、高血脂的毛病。回过头来，方才觉得不听老人言，吃亏在眼前，每天主菜还是青菜豆腐为好。对人生而言，健康比金钱更重要，健康饮食是健康之本。青菜豆腐保平安能一代接一代口口相传，说明这句话是老百姓高度认可的。

读有关书籍方知青菜真好。鲜嫩欲滴的青菜昭示蓬勃的生命。一个成年人如果每天吃 500 克青菜就能满足人体所需的维生素、胡萝卜素、钙、铁等，有助于增强人体的免疫力。中老年吃青菜更好，青菜有助于保持血管的弹性。青菜中含有大量的粗纤维，在进入人体与脂肪结合后，可防止血浆胆固醇的形成，促使胆固醇的代谢物——胆酸得以排出体外，以减少人体血管中粥样硬化的形成。但青菜的最大缺点是蛋白质含量少。怪不得二十世纪六十年代初，以青菜为主食的人的脸呈菜色，有些浮肿。蛋白质缺少怎么办，古代人用可口的植物蛋白来弥补，也就是大豆做成的豆腐来弥补。两千多年前，淮南王刘安是个炼丹高手,他在寿县八公山炼丹时,没炼出长生不老的丹药,却无心插柳以石膏点了豆汁,发明了豆腐。豆腐脂肪低却富含蛋白质,又香而爽口,不仅能满足人体对蛋白质的需求,还有降血压、血脂和胆固醇的功效。几千年来,中国人长期没有解决肚子吃饱的问题,常食树皮、草根、糟糠以充饥,即使人们有吃饱的时候,主食也只是稻麦之类,蛋白质含量不高,需要吃上高蛋白的肉类才能保证健康。但人太多,肉太少,因而豆腐的发明太重要了,豆腐对长期以来人均食肉量太少的中国人的体质提高做出了突出的贡献。现代医学还证明,豆腐对女性保持雌性激素的水平尤为重要。豆腐还有预防癌症和更年期骨质疏松以及提高记忆力和抵御老年痴呆、糖尿病、动脉硬化的功能。

中国古人真是智慧了得。那时人们并不知道维生素和蛋白质是啥玩意,却明白青菜豆腐保平安,这已被现代医学所证明。我呢,亡羊补牢,知天命时喜欢上了青菜豆腐,每顿都来一碗。只可惜现在的青菜可能是施了太多的化肥,经常烧不烂,而豆腐呢,也被抽去了精华浆汁,没了豆香味。

退休后,我回到当年插队的地方,老朋友大和请我吃午饭。他家是开豆腐坊的,我嚷着只吃青菜豆腐,结果上了一桌子青菜豆腐:炒菜类有香菇青菜、蒜蓉青菜、青椒炒豆干、菠菜拌豆干,烧菜类有青菜豆腐焖肉丸、毛豆腐烧小公鸡,汤里有青菜木耳豆腐,是现烹的母鸡汤。我和大和一家人一块边喝酒,边吃菜,边叨叨,酒没使人醉,青菜香和豆腐香却使人醉了。大和红光满面地拿出他一家四代同堂的照片给我看,给我讲他当年是如何追上他的媳妇的。又给我讲他虽然没文化,但儿子、儿媳都是职业技术学校毕业的大专生,在一家大企业打工,他和老伴带的孙子在镇上的中学里是前十名。他把孙子拉到身边给我看,好家伙!十四岁的孩子比当年十八岁的大和还高还壮实些。大和笑着说,他们全家和我一样,也爱吃青菜豆腐。

　　这一次青菜豆腐宴给我留下难忘的记忆,不仅仅因其味道鲜美,还因其给我的人生感悟。我常常想:天然的平淡的青菜和豆腐的结合,正是普通老百姓的美味佳肴。我有十几年当农民和木工的经历,我那些至今仍是普通百姓的同事,他们普通得不能再普通的人生是浑然天成的宝石人生,平庸却拥有人生最宝贵的东西——健康快乐。他们没有官场、职场、市场失意的惆怅,没有一会上升到云端、一会跌入谷底的心理动荡,他们靠劳动吃饭,心安理得。他们有爱情有亲情,也有难忘的故事,听他们拉家常觉得像呼吸着新鲜的空气,这正是普通的青菜豆腐人生,也是富含诗韵的人生。我渴望这样的生活,平凡而有味。

小区观物

几户人家屋后的草坪绿油油一片,是小区极为养眼的地方。一打听,方知这片四季常青的草坪来之不易,需适时浇水、施肥、割剪。其中一户人家到外地带了两个月的孙子,其屋后的草坪就一片枯萎且杂草丛生。在人居集中的地方,鲜少天然美。劳动赢得美,美是需要付出的。

傍晚时分,小区池塘里游动的红的、白的、黑的,或红白、红黑、黑白、黑红相间的鲤鱼最吸引孩子们。有个淘气的孩子嚷着非要他爸爸捞两条这样的鱼煎给他吃。如愿以偿后发现那两条鱼非但不好吃,还有一股汽油味。看上去清凌凌的塘水,为什么养出的鲜活的鱼虾不能食用?原因应该是水不能流动,是静止的,流水不腐,不流则腐,水不交流、不运动就是一种污染,就会从生命之水变为生命毒药。运动是生命的规律。

初春时节,那几株桃树在树叶尚未完全长出之前总是先开桃花,那桃花红白相间,迎风摇曳,煞是好看,引来少妇和大妈摆着姿态摄影留念。在一张张照片中,人面桃花别样红。我好奇人们何以对这几株桃花如此青睐,一看那一朵朵桃花的确分外娇媚,但瞅一眼桃树的树干,却发现成群结队密布的小黑虫。哎,照片中只有美丽的桃花。

桃树叶对桃花说:我成年累月没人多看一眼,你一出来,就得到人们的欣赏和喜欢。桃花对桃树叶说:你虽朴实无华却常青,而我的美丽太短暂。

在多次提意见后,物业对疯长的树木进行修剪。冬青、黄杨等树经修剪后都有别具一格的几何造型,别有风韵。而柳树经修剪后只有光秃秃的朝天辫。看来,杨柳只有浑然天成的姿态最迷人。

一些孩子围在一处墙角边,原来一个大蜘蛛网粘住了一条长虫。长虫的小嘴龇着两个尖尖的牙齿在向蜘蛛示威,身体却因被网粘住动弹不得,而蜘蛛亦不敢轻易靠近长虫。这样的相持和紧张持续了几天,不知何时了。

狗改了吃屎的性。小区木制的长亭是爷爷、奶奶、孩子和哈巴狗的天地。爷爷、奶奶觉得小孩的屎尿不臭也不臊,竟让孩子在长亭内拉屎撒尿。而哈巴狗没有一个吃屎的,因为如今的哈巴狗不知饥饿的滋味,都有专门的狗粮了。

如今狗不仅不吃屎,随着生活条件的改善,过去被认为不可能的狗穿衣服成了真,还出现了狗穿鞋子的现象。

狗改变了是因为人使其改变了,然而人又改变了多少呢?

每个楼梯口都有两棵对称的树枝往下垂的伞状树,这是小楼的一道风景,有一棵伞状树的枝干朝天长了,很快那两根枝干就被锯了下来。

两只不知名的鸟儿一直形影不离,窃窃私语。是诉说无尽的恩爱,还是唠叨无尽的埋怨? 不管怎样,双方就是要在一起,恐怕为的就是要有"争执"不停的乐趣吧。

鸟的叫声因求偶心切而动听,花为吸引蜜蜂、蝴蝶给它做红娘而艳丽。

野花出奇地美丽,但在人工的花园里总被当作异类锄掉。

小草团结在一块地里一起生长,是堪比花园的好风景。

水至清则无鱼,水至混则毒鱼,什么样的水最适合鱼的成长呢?

流浪猫天天眼巴巴地蹲在施舍者的楼下等待食物,从此便不捉老鼠了。

梅雨后枯黄的草儿绿了,到处葱茏一片,然而蚊虫也多了起来。

草坪有些单调,移种两棵硕大的金桂树来配景。金桂飘香时,树下的草坪却枯死了。

沟渠里的水满起来后,小区的晚间听取蛙声一片,有人说这是大自然的轻音乐,有人说这是令人讨厌的噪声。

丛林里众多的蛇是受保护的野生动物,在小区里偶尔看见一条蛇,却被砸得稀巴烂。这是因为大家都认为不能怜悯像蛇一样的恶物吗?不是,是住宅小区不可能容忍蛇。

壁虎帮人们消灭蚊子,人们却要消灭它。因为胆小的主妇看见壁虎就想到了吃人的鳄鱼。

和是蔚蓝

坐在小院的椅子上翻着不久前自己写的一篇叫《和》的短文，不觉间又陷入了对和的沉思。仰望蔚蓝的天空，蓦然间觉得和有颜色，而这个颜色正是眼前辽阔的蔚蓝。

蔚蓝是天空的原色，大自然的本色。从宇宙飞船的舷窗朝外看，地球是亮亮的蔚蓝色。蔚蓝因天然形成而永恒，和也应是人类的永恒。

蔚蓝是各类色彩有机融合在一起的幽深的透明，彰显和的无限生机。在阳光下眯着眼睛看天空，蔚蓝中似有些许淡红，些许乳白，些许淡黄，些许雾青，闪烁着赤橙黄绿青蓝紫。睁开眼天空则是无垠的蔚蓝，蔚蓝融合了所有的颜色，让所有的颜色共同出彩，而这些出彩一点不炫目，共同呈现出蔚蓝。

蔚蓝是天地间和的状态。在雾霾天气里，天空和大地都是灰蒙蒙的，没有了蔚蓝就是不和。和是天地万物相谐共生，和是蔚蓝的人间正道。自然界和社会政治有污染就不是和，因为那样的和不是蔚蓝色的。和是有灵魂的，这个灵魂就是蔚蓝；蔚蓝是有灵魂的，这个灵魂就是和。

让思绪回到所住的星球。蔚蓝是地球的真色，和是地球的真理。蔚蓝的天空容纳浩瀚星海是和，蔚蓝的大地容纳万物共生是和，蔚蓝的大海容纳百川汇入是和。蔚蓝是和的标志,蔚蓝是和的精气神。

满目蔚蓝看不见、摸不着又无处不在地透着和,和是眼前一切乃至大自然和人类社会的奥妙与真谛。

诗 十 首

小树

你是柔弱的小树

生长于贫瘠的山林

智慧的乳汁哺育你成长

纯洁的心灵使你常青

你将成为参天大树

在需要你的地方扎根

为了理想大厦的建造

奉献你的枝叶和躯身

石上松

滁州琅琊古寺有一株生长在石头上的松树，成一景，名"石上松"。

你曾是一棵松苞

天地间欢快地奔腾

想象着美妙的未来

拿不准在哪一片沃土上生根

风儿在不经意间炸开松苞

把你吹入那细微的石缝中

竭尽全力挣脱

却越挣被石头锁得越深

命运让你只能在那儿生存

用嘴吮吸石的水分

夜露是难得的甘甜

把根扎进石的胸脯

地气是仅有的养分

咬紧牙关从石头中挺出

昂起带血的头颅向天地呼喊

"我也是装点大地的生命"

刚从石头上冒出个尖尖

就开始苦海无边的磨难

要活下去就得拼命抗争

饥刀绞你肝肠寸断

渴枪刺你生出蛛网般的根

霜鞭抽你遍体龟痕

日月如梭你却度日如年

当同庚的兄弟已高大威猛

你的个头不及其腰深

当后生的小妹已绿发披肩

你只有稀疏的几蓬

你日夜想念遥远坡岭上的父母

情深意切涕泪纵横

你梦想着沃土生长

却总是黄粱一梦

你顶着心头忧伤的刀尖

吟笑着呼唤地裂天崩

你把被苦难压弯的枝干

绷成一张满弦的弓

不断用意志和毅力的利箭

射向狞笑着要与你拥抱的死神

在炼狱之火中锻造

你有了石一般的身躯

铁一般的枝干

钢一般的松针

不知哪一天

是偶然发现还是约定俗成

人们惊讶你这石头上的劲松

风刀霜剑雕刻出

壁立千仞的刚劲

苦汗碧血晶凝出

朴实无华的苍容

你像愚公一样感动了上帝

你是天地的精灵——石上松

周遭草木忽闪惊诧的眼神

颤抖着用余光表达尊崇

参天大树向你行注目礼

亭亭玉立者也搔首打恭

只闻廉价的啧啧称颂

谁知你依旧饥肠辘辘

谁看你口唇还有干裂的血痕

你九死一生的磨难有谁知

先天不足的痛楚有谁懂

在盛名之下

闪电照样又折断你一只臂膀

风扬妒石砸出新的伤痛

何必为声名所累哟

何不移进热闹的坡岭

你的兄弟在远方呼唤

真想依偎着说悄悄话

何不迁入亲昵的树丛

你的姐妹在深情倾诉

呼唤声声

你怦然心动却又岿然不动

呵,原来你的名字

你的肉体

你的灵魂

你的每一根神经和血管

已经和那块石头骨血相通

石头就是你的精气神

石头就是你的命根

你生活的每一天

不断演绎生与死的抗争

没有苦尽甘来

只有苦中求乐

就连景仰有时也暗藏杀机

比如在你沧桑的肌肤上

那借你留名的刀痕

童年梦

骑根竹竿在晒场遛圈

眯上眼就是悟空下凡

头顶的孔雀羽翘上天

肩上的彩旗迎风招展

金箍棒玩得飞旋

看电影《铁道卫士》

不觉间高大伟岸

笔挺的中山装威风八面

那个时常占你上风的伙伴

目光怯怯地传递着羡慕

夏夜仰望满天星汉

恍惚中有个女孩时隐时现

那粉色的长裙飘到眼前

快牵上柔柔的一角

一起在浩瀚的星空流连

唱歌

人有野性要放松

林间小路正适中

甩手引来鸟声啾啾

呼唤放歌一曲的冲动

管它路人的诧异

管它飞鸟的惊恐

管它那些个烦心事

管它春夏秋冬

来它个如泣如诉

来它个气贯长虹

来它个如痴如梦

来它个返老还童

痴情的旋律一往情深
戳到心灵最柔软的地方
那荡气回肠的旋律呀
让心灵与心灵连通

激越的旋律澎湃着
正是惊心动魄的斗争
剑在手刀出鞘
热血倒海翻江般汹涌

醉心的旋律妙不可言
回荡着你的青春和初恋
你的忧伤和快乐
你如诗年华中莫名的感动

让你心中的精灵冲出喉咙吧
放飞于微微颤动的昂起中
让你的歌声带动山林共鸣
弥漫在澄澈的天穹

游泳

是融入海市蜃楼吗
划碎了青山绿树
涟漪了蓝天白云

是溶化尘世的烦恼吗
惆怅在挥臂中淡出
舒快在潜行时萌生

是拥抱无尽的温柔吗
约会飘忽的鱼美人
徜徉在繁华的水晶宫

是腾跃龙门的鲤鱼吗
释放力与美的自信
演绎如鱼得水的从容

草

绿的蓬勃后
是黄的枯萎

枯萎也要燃烧

哪怕只剩下灰

绿是大自然的原色

黄是成熟的美

燃烧是生命的爆发

灰是对大地的回归

汤圆

水煮的米团

寻常人家的早点

吃——软糯香甜

说——团团圆圆

不经意间囫囵吞咽

那柔柔的力道

舒适时让你上天

登南天门

滁州琅琊山国家森林公园有个南天门,是登山的好去处。

登南天门

行走在青山与白云之间

甩开双臂

大步流星

闯逛南天

汗下如雨流淌着快乐

千层石级只等闲

登顶望

青山满目

万里长江是一缕青烟

登南天门

扶雾腾云

羽化登仙

眯上眼扶摇直上

飘到了灵霄宝殿

与神仙们把酒言欢

千里眼探问微信视频

顺风耳打听电脑传输

龙王好奇"蛟龙"的深潜

大圣寻思飞进火星的火箭

他们瞠目结舌

感叹斗转星移

天上不如人间

登南天门

拾级而上者接踵比肩

这是苍苍老者

那是翩翩少年

莫不是十四亿人齐向前

莫不是整个中国在登攀

登就登世界之巅

造最隐身的飞机

睁最大的天眼

建功能最全的空间站

修地球上最美的家园

若无齐心协力

何来风光无限

当弯道飞天

中华梦圆

飞机上的长江

白天飞过你身边

你是长长的白线

一头融入茫茫东海

一头牵着苍苍高原

夜晚飞过你身边

沿江城镇灯火片片

把无数颗明珠串联

你是神州最美的项链

在飞机上进入梦乡

你的浪花拍打心田

和李白同驾一叶扁舟

观万重山中一坝擎天

不倒翁

慈眉善目还是沧桑深沉

环顾彷徨还是成竹在胸

棱角消磨却有重心所在

前扑后倒总能站着做人

佛态福相也是寻常人家

不倒人生就是精彩人生

今衡古鉴

金钱断想

一

金钱是什么？不需要说，连孩子都对它的价值和作用无师自通。

金钱是人类的产儿。人类社会有了货物积累并需要交换的时候，金钱的最早形态实物货币就出现了。原始社会人们用的实物货币有牲畜、农具等，而更多的是从海边、河边拾到的五颜六色的贝壳。在考古发掘中，夏商两代遗址出土过大量的天然贝，贝作为实物货币一直沿用到春秋时期。与财富、价值相关的汉字如贵、资、财等都用"贝"作为部首。人类社会生产力的提高和贸易的需要催生了金属贝的产生，而黄金、白银等金属因其色泽华丽、不易锈蚀、稀有和冶炼难度较大，自然而然成为人类社会不同文明、不同国家不约而同使用的货币原料。现代和当代普遍使用的各色纸币至今仍用足够的储备黄金为其价值做保障。

二

钱不是万能的，没有钱是万万不能的。这句话虽说俗了点，却是真理。

人类社会尤其是当代人类社会,已经不是农业社会的自然经济那样,一群人自己耕种自己吃,男耕女织,有病用点草药,自己修建住房,自家平整出行的道路。而今你如果没有金钱,一天也过不下去,买一块烧饼充饥要钱,买一双布鞋要钱。一般来说,你拥有钱的数量,决定了你的生活质量,有了钱你就能过上好日子,没有钱你就是弱势群众,是被救济和保障的对象。人在社会中的支撑是钱,人干任何事都要钱。干企业的要多得利润,打工者要每月多挣些钱。这就是钱在人类社会中的作用,也是动力。

　　正因为人要靠金钱来维持生活,来实现生活中的种种愿望,所以人类会自觉或不自觉地追求金钱,一旦这种追求过了线,一旦这种追求损害社会和他人的利益,那就会变成一种罪恶。一旦你把钱看得超越一切,你就可能丧失人格。对人来说,金钱是把双刃剑:它是尊严,是幸福,是天堂;过了底线,金钱就是耻辱,是灾难,是地狱。

三

　　人类的历史中,生存是第一要务。金钱的产生对人类社会而言具有里程碑的意义,金钱膨胀了人类的欲望和追求,激发了智慧和力量,人类开始了不断积累物质财富与精神财富,不断创造物质文明和精神文明的新征程。与此同时,金钱的产生也使人类产生了对金钱的疯狂追求,并由此产生了诸多前所未有的罪恶,人类社会由此演绎出数不胜数的故事。

　　其一,金钱促进了人类的物质文明,金钱作为社会公认的价值标志,成为人类成员的追求目标。而人类成员积累了一定数量的金钱,就可以修建金字塔、万里长城或罗马教廷大楼,修建众多的交通设施。世界上留存的古老文明的标志性建筑,都是金钱的产儿。当然在这生产过程中,都饱含着劳动人民的心血。金钱作为价值标志本身具有内在的公平性,只有生产出用于交换的产品才能换来金钱。但在人类社会的实践中,获得金钱的途径纷繁复杂并经常不公正。人们因为地位不同,原本拥有金钱的数量不同,富的富上天,穷的穷到底,使人类社会变成了阶级社会。东汉末期有两个故事就说明了这一点。一个是汉灵帝一天到晚吃喝玩乐,把国库的钱耗尽了,便独出心裁在都城开了一个卖官职、卖爵位的铺子,用这样的方式搜刮天下钱财为其奢靡的生活所用。另一个是汉末边城节度使董卓被邀到都城洛阳执政,进城后明目张胆下令逮捕洛阳城里的有钱人,随便罗织个罪名处死,然后没收他们的全部钱财。当时人们使用五铢钱,董卓下令改用小钱,并熔掉铜人、铜像用来大量铸钱,致使当时钱贱物贵,物价暴涨,人民生活困苦不堪。

其二,金钱促进了人类精神文明,但金钱也导致了大量精神糟粕的产生。人类有了积累而产生金钱,有了金钱使一部分人可以不从事与生存有关的事业,可以办教育,可以研究政治和文化。人类产生了文字,人类的文化得以发展,人类的文明得以日新月异,出现了西方古希腊文明和东方的中华文明。不管你在心中如何鄙夷金钱,却不能否认金钱在文明的发展中不可或缺的作用。然而人类对利益追求的本能,却使人类在对金钱的过度的追求中往往背离了道德的底线,走向了文明的反面。有这样一个发生在西晋的石崇和王恺比富的故事:石崇和王恺都是当朝权贵。石崇听说王恺家里用糖水洗碗，就让他家厨房用蜡烛当柴火烧。王恺为了炫富，在他家的大道上用紫丝编了四十里屏障。石崇看后则用比紫丝更贵重的彩缎铺了五十里屏障。王恺请晋武帝帮忙拿出两尺多高的珊瑚树来炫耀，石崇则把珊瑚树击碎，然后搬来几十株高大的珊瑚树让王恺挑选。王恺深知财富不及石崇，只好认输。马克思早就说过，资本家为了利润不惜冒杀头的风险。现在法律对贩毒之处罚极其严厉，而贩毒者依旧存在，其原动力就是金钱。有的人为了钱不惜出卖自己的灵魂，有的人为了钱不惜蒙骗亲人和朋友，六亲不认，甚至认贼作父。

其三，金钱促进了人类的政治文明，但也导致了民族压迫和阶级压迫。政治是管理众人之事。有了金钱的推动，国家的功能得以逐步完善，从而促进了人类的政治文明。国家决定和制造法定货币，法定货币才是真正意义上的金钱。国家用金钱推动社会的生产和贸易，并收取税金，以维护政府的运转，同时调节社会分配，救助贫弱，维护社会安定。拥有更多金钱的国家可以强兵，可以把持贸易，可以开拓殖民地……人类政治文明的进步与发展，需要各国良性竞争，共同发展，消除国际政治强权和金元强权。然而通向政治文明还需万里长征。

四

金钱是财富，是人类社会的道德试金石。人对金钱的态度，最准确地体现一个人的道德品质。

诚信不诚信，由金钱验证。诚最直观的表述是讲真话。而许多人就是不愿意讲真话,说自己讲真话其实是在讲假话。为什么这样,大都是为了金钱。现在一些人干上了电信诈骗,其手法就是以假话冒充真话,说自己是公检法人员,假话编得很顺溜,一副真诚替别人考虑的样子,还有些人在亲朋好友中讲假话以此骗钱,这都是把自己的幸福建立在别人的痛苦之上。人不诚信,去骗人能得到财富,其实骗人者会遭受社会和所认识的人们的唾弃,会受到法律的制裁和良心的责备,最终毁了自己。你在别人的眼中是骗子,你能过得快乐吗?而诚信的人却能在人们的心中树立丰碑。我在电视上看到一条新闻:老两口当工头的儿子死了,欠了农民工们数十万元。老两口并没有归还的义务,但把所有的欠条都接了下来,用了十几年的时间,一点一点把钱还给了大家。能欠债还钱,就是诚信,就是可以信赖的人。诚信不是看你说得怎么样,而是要看你做得怎么样。

仁义不仁义,由金钱验证。什么叫为富不仁,就是有的有钱人眼里除了钱还是钱,钻到钱眼里了,为了钱不择手段,有了钱却是铁公鸡一毛不拔。巴尔扎克小说《欧也妮·葛朗台》中那位葛朗台先生就是这样,但葛朗台先生还不算太卑劣的人。有的人是公家人,是人民的公仆,并不该那么有钱,却瞒天过海用权力寻租,去寻欢作乐,他会说他并没有对别人不好,碍别人的事。殊不如,你对公共财富下手,你就是损害人民的利益;占有人民的财富,你就是不仁不义。有的人有了钱,去帮助困难的人,去回报社会,去做善事好事,那就是有仁有义,那就是品格高尚。我在电视上看到,有一对老夫妻一辈子省吃俭用,把毕生积蓄的一千万元用于扶贫和教育。这老两口平时吃蔬菜,穿布衣,日子过得很苦,但他们觉得扶贫就是幸福。金钱是明镜,可以照出人本来的面目。

忠孝不忠孝,由金钱验证。在中国传统文化中,忠孝是最起码的道德,是立世之本。忠是对国家和民族忠心,孝是对家庭长辈尽孝道。国与家、忠与孝是相辅相成的。如何做到忠孝,金钱可鉴。在革命战争年代,许多共产党员出身于殷实家庭,却抛弃了享乐的生活去进行艰苦的斗争。在金钱和信仰之间,他们选择了后者。方志敏在被捕时,身着破衣,身无分文,抓他的国民党士兵不理解,这样一个大官怎么会这么穷。始终把国家和人民放在心中是忠,忠者绝不会做金钱的奴隶。家庭是社会的细胞,家庭要传承的道德首推孝。孝不孝不能讲空话,要舍得用钱去尽孝。现在有些人不愿赡养老人,甚至去"啃老",钱就比骨肉亲情更重要吗?如果你连长辈都不放在心上,把钱看得那么重,你还讲什么为人处世呀!

五

中国古代有不少关于"义"与"利"的论述,值得后人借鉴。孔子承认求利之心人皆有之,但不能"放于利而行",求"利"活动必须以"义"制约,要"见利思义"。墨子反对亏人自利,主张"交相利","义,利也"。王安石主张为政要理财,"政事所以理财,理财乃所谓义也"。南宋时期陈亮与朱熹的"王霸"和"义利"之辩震动朝野,朱熹认为行仁义就是王道,倡功利就是霸道;陈亮主张"义利双行,王霸并用",认为义、利不是对立的,而是相辅相成的,义要通过利来体现,没有"生民之利",义就无法体现,所以利也是义。

不要鄙夷金钱，你通过劳动、通过智慧去获取金钱是你实现人生价值的一种体现。时代呼唤千帆竞发、百业俱兴。时代呼唤创业者和企业家纵横捭阖、大显身手，他们是国家的栋梁之材，是纳税人。他们既敢作敢为又善于算计，既精明强干又讲究信誉，他们去市场大海里搏击，是和平时代的弄潮儿。他们的财富也是社会财富。出于职业的需要，他们对金钱的渴望比别人更强烈，他们必须善于用金钱生金钱，这些应当理解，只要你遵纪守法，只要你让员工得到保障，你的财富就是正当的。企业家是相当复杂的脑力劳动者，市场经济瞬息万变，必须能担当高风险，有时再努力也会失败。因此，在法治社会，不要对遵纪守法的经营者的获利眼红，不能有仇富心理。

不要当守财奴，心中只剩下金钱。要善用金钱，用金钱满足物质需求，更要用金钱升华精神世界。你沉醉在读书学习、品味好诗文的人文意境中，沉醉在科技攻关、探索未知的追求氛围中，沉醉在太极八卦、健身气功的身心一体的感应中，沉醉在与交响乐旋律的共鸣中，你就拥有金钱尽其用的人生体验。

六

有人说，金钱乃万恶之源。其实金钱之罪不在金钱，而在非法获取金钱、使用金钱的人。金钱是人生绕不开的话题。

君子爱财，取之有道。这是中国传统的金钱观。人人都想过更好一些的生活，而这需要用钱来实现。人有获得金钱的愿望，这没有错，但要按规矩去获取。要从小教育孩子切记钱虽然是个好东西，但巧取豪夺是万万不能的,拿了不该拿的钱是耻辱。培根说过,金钱是善仆,也是恶主。你拿了不该拿的钱会受到处罚,自由不是钱能买到的,但能够为钱而卖掉。你幻想着拿别人不知道来路的金钱去过天堂般的日子,却不知上了天堂后还会下地狱。

劳动致富,创造致富。你通过脑力劳动和体力劳动获得了金钱是光荣的,理所当然的,你去买房买车心安理得,你的创造形成了价值并由此获得金钱也是无可厚非的。你用劳动和创造获取金钱其实也是为社会做出贡献。要鼓励千帆竞发,人人努力工作,鼓励广大人民用自己的勤劳智慧去挣钱,去消费,去实现自己的愿望。

相互扶持,共同富裕。在同一起跑线上赛跑总要有先有后,人们因地位不同,拥有财富的不同,能力不同,付出努力不同,获得金钱的本领和能力就会不同,就会形成贫富差距。如果差距加大,就必然引发社会不公。要承认差距,但要用政府行政手段来缩小差距,先富帮后富,达到共同富裕。政府要保障每个公民的基本生活,但也不能包揽,不能养懒汉,能者、多劳者亦应多得,这也是一种社会公平正义。

写到这里,我想起法国作家莫泊桑写的短篇小说《我的叔叔于勒》。有钱的于勒叔叔给全家带来温情、带来希望,但全家在看到身无分文的于勒时却像躲避瘟神一样走开。而这家人并不是坏人,是一个普通得不能再普通的百姓之家。这家人不是卑鄙,而是太贫穷。我们正处于一个新时代,要努力让人民生活水平不断提高,让人民整体上不再贫穷,人民可以追求美好的生活了,那莫泊桑所描写的悲剧就失去了土壤和条件。经济基础决定上层建筑,我们要努力让人民理直气壮地在阳光下追求金钱,让人民的生活更加美好。

甲午叩问

中国近代史上最耻辱的一页就是 120 年前的中日甲午战争，这是一场本不该失败却失败的战争。战争前夕中日两国力量对比：从国土面积看，中国 1000 多万平方公里，日本约 38 万平方公里，中国是日本的 30 余倍；从人口看，中国 4 亿多人，日本约 4000 万人；从军队力量看，中国约 100 万人，日本约 24 万人；中日海军力量相当，日本海军训练有素，但北洋舰队的定远、镇远号是当时亚洲最好的，是 7000 余吨位的铁甲战舰。然而，战争的进程却是一边倒，中国陆军先败于朝鲜，又败于山东，最后北洋水师全军覆没，一时间京城告急。当时慈禧太后急派李鸿章委曲求全，签订了丧权辱国的《马关条约》，割地赔款。

甲午战争给当时的中日两国带来了国运之变。日本发了战争横财，2.3 亿两白银的赔偿，相当于当时日本 7 年的财政收入，使其有了富国强兵的资本；夺取了朝鲜、台湾等海外殖民地，开始了"开拓万里波涛，布国威于四方"的进程，拉开了侵犯亚洲邻国的序幕。日本据此开辟了"脱亚入欧"、进入世界强国的道路，为其在 20 世纪大举侵华和发动太平洋战争埋下了伏笔。中国则因为这场战争而遍体鳞伤，成为列强争相吞噬的目标。甲午战争后列强在中国划分势力范围，长城之北属俄，长江流域属英，山东属德，云南两广属法，福建属日。战争赔款带来的沉重债务使清政府本来就举步维艰的财政状况雪上加霜。

这场战争对中华民族尊严的伤害是空前绝后的,五千年文明古国沦落到被比邻小国肆意欺凌的境地,巍巍中华成了"东亚病夫",中华民族的颜面何在?

每次读甲午战争这段历史都感到痛心,都几乎咬破嘴唇,全身肌肉紧绷,激烈的心跳传达着强烈的不甘心,在心里一遍遍叩问:中国怎么就败了? 中国为什么会败? 从当时中日力量对比来看,中国本不该败,更不该一败涂地,就算有指挥不当、军队战斗力弱等原因导致陆军败逃了,海军全军覆没了又怎么样? 京城地区失守又怎样? 中国地方大着呢,人口多着呢,只要坚持和日本打持久战,万众一心保家卫国,战争一定会出现转机的。历史上先败后胜、反败为胜的例子很多,苏教版小学三年级语文课本里有一篇课文叫《第八次》,写的就是欧洲苏格兰王子率领军队和人民抵抗侵略,一连失败了七次,但第八次战胜了侵略者。二战时,德国法西斯横扫欧洲大陆,兵临莫斯科、列宁格勒、斯大林格勒城下,苏联红军绝地反击,不是取得最后胜利了吗? 有了甲午战争战胜中国的经历后,20世纪30年代日本发动了侵华战争,占去了大半个中国,中国人民由败到胜,积小胜为大胜,经过十四年的抗战,不是取得了最后的胜利,把台湾收回来了吗? 如果甲午战争时,大清王朝能组织军队和人民同仇敌忾,上下一心全面抗战,甲午战争一定是另外的结局。唉! 当时的大清王朝怎么就那么快认输,跪地求饶了呢? 叩问甲午战争,失败的深层次原因究竟是什么?

皇家的底线和由此导致的国家意志的懦弱是甲午战争失败的直接原因。当时的中日两国都是"家天下",但两"家"的底线大相径庭。日本明治天皇即位之初就颁布《御笔信》,其中写道:"朕与百官诸侯相誓,意欲继承列祖伟业。不问一身艰难,亲营四方,安抚汝等亿兆。开拓万里海疆,布国威于四方。"明治天皇雄心勃勃,实施"文明开化""殖产立业""富国强兵"三大维新之策,一心要把日本建成像西方列强一样的强国。日本决策层认为国际关系自古以来都由武力决定,"禽兽相接,互欲吞噬",把建立强大的武力以征服包括中国在内的邻国作为国家战略和国家意志,故而进行了长期的精心细致且有多种预案的战争准备。日本的励精图治、必胜信心和扎实到位的行动使其在甲午战争中掌握了主动权。然而此时的大清王朝已是夕阳西下,豪迈的气势荡然无存,经过两次鸦片战争、太平天国之乱,已内外交困,大清王朝的底线只剩下确保爱新觉罗家族的在位当权。底线不同,处理国家事务的行动就不同。日本为建立强大的海军,明治天皇每年从内库中提取银两以供海防之用,日本的官吏、富豪竞相效仿,主动献出帑银和薪俸;而慈禧太后为建皇家花园颐和园挪用买军舰的国库白银。日本上下为战争团结一致,拼尽全力;而大清王朝在陆战、海战失败后,害怕再打下去会丢掉政权,害怕如果动员全国力量进行反击,国内封疆大吏和其他社会力量会乘机坐大,危害家天下的统治,因而即使割地赔款也要保证其对国内的统治权。在这一底线和核心利益的驱使下,什么民族的尊严,什么国家的领土完整都得让位。是啊,战争打败了,就让李鸿章去低三下四跪地求饶吧,赔几亿两白银就赔吧,割地就割吧。割地赔款后,爱新觉罗家族及其统治集团依然居庙堂之高,锦衣玉食,有享不尽的荣华富贵。

祖制的皇权和由此形成的政治体制的落后是甲午战争失败的根本原因。当时在国内实行民主,在国外实行殖民扩张政策的西方列强成了世界的中心。作为亚洲大国的中国和日本开始向西方学习。为此,日本实行维新。日本之所以能实施维新之策,是因为最高统治者高瞻远瞩,顺应世界大势,是开明、有担当、有作为的君主。明治天皇颁布《五条誓文》,宣扬上下一心,破旧立新,求知先进,殖民扩张。日本用数十年时间就完成了从封建社会到资本主义社会的跨越,很快就从亚洲各国中脱颖而出。日本明治维新的同时,中国搞了洋务运动。洋务运动的确给中国带来了实业上的进步,推动了中国向前发展,但洋务运动只学西方的科技,不学观念和制度。双方学习西方的不同方式,造成中日两国综合国力的差距。为什么中国不愿意学西方的政治体制呢?有两个原因。一个是当权集团中的很大一部分人认为西方的科学技术好、机械好、武器好,而中国的政治制度好。当权者们受的是旧教育,从小读"四书五经",长大写八股文,一套又一套,加上大都没读过外国的政治书籍,因此从骨子里认为中国文化博大精深,远超国外的那些理念,中国制度历几千年不变,因而从内心深处抵制外国的政治体制。二是中国的不少政治精英,包括慈禧、光绪、奕䜣、曾国藩、李鸿章、左宗棠等也认识到,西夷之强在于政治制度,不在"奇巧淫技",然而实行新的政治体制,必将涉及权力和利益的再分配,涉及爱新觉罗家族最根本的利益,涉及王公贵族的根本利益,因而西方的政治制度不可能成为当时最高决策者的选择,是利益促使他们全力维护既定的政治体制。当年的王朝早已腐朽没落,可以这么说,在当时的政治环境下,即使光绪主导的维新成功了,那掌握军队的慈禧和王公大臣也会让成立的内阁成为聋子的耳朵——摆设,其政令不可能贯彻下去。一个国家的落后,首先是政治精英的落后和政治制度的落后。

当时洋务运动的前提是不触及原有的政治体制,只学科技和实业。而日本则不仅学习科技和实业,而且学习政治体制,学习西方列强对落后国家的侵略扩张。新的政治体制较之于旧的政治体制,好在哪里呢?最根本的变化是人的解放程度大大提高,社会的能量和活力迸发。旧的政治体制是皇族独揽大权,王公大臣是皇家的奴才,各级官员是王公大臣的奴才,人民是各级官员的奴才,社会活力被压抑,民众的智力、精力、财力被压抑。而新的政治体制让人的活力放飞在一个相对大的天地中,较之于皇家决定一切,内阁治理国家的能力更强,从而使社会和经济发展的动力得到很大的释放。中国洋务运动比日本的明治维新早八年时间,而三十年后甲午战争前夕,尽管中国的经济总量比日本高,但质量不行,双方的工业水准已经有了差别。中国不改变政治制度,试图引进一些西方先进技术以维持其统治秩序和帝国结构,结果在战争中败于引进了政治制度的日本。相似的开头与不同的结局,根本原因在于政治制度。

皇朝的腐朽没落和由此带来的国民素质的没落是甲午战争失败的内在原因。光绪皇帝饱读诗书又颇具才华,但在慈禧的压抑下性格软弱,一心想变法图强却只能和一些书生空谈,心神不宁,左顾右盼。日本的明治天皇则是改革派武士通过武力从幕府手中夺取政权而拥戴当政的,性格坚定且尚武,敢于大刀阔斧地进行改革创新。在中国,只有得到爱新觉罗家族恩赐的奴才才能有幸进入统治集团,而对于汉人无论其表现得多么忠诚也要严加防范,清廷宁愿养着过时的八旗兵也不让以汉人为主的北洋陆军和北洋水师坐大,清廷内部的后党、帝党勾心斗角。在甲午战争期间,主战的帝党希望借机掌控实权,主和的后党为不失去固有的权力力主调停。湘军和淮军不顾外敌压境,都想保存自身实力。直隶总督兼北洋大臣李鸿章在当时的清廷算是勇于任事的,但受的是旧教育,他对西洋的机械十分倾心,却以为政治制度不改也行。对于李鸿章这个当时公认的"能臣",俄国财政大臣维特说:"从中国文明的角度看,他是高度文明的,但从我们欧洲的观点看,他没享受什么教育,也并不文明。"当时中国的杰出学者梁启超亦称李鸿章是庸众中的杰出者。在日本明治维新期间,日本的朝臣大都是拥护维新的改革派人士,许多有理想的学者进入政府的高层,他们形成了坚强的领导力量。当时日本内阁总理大臣伊藤博文早年就秘密进入英国伦敦学习,在明治维新前就追随大久保利通的改革阵营,以伊藤博文为首的一批日本能臣都以身家性命来推动变法维新。上层官员有巨大的差距,基层也如此。当时中国由于民众受到层层盘剥,受教育的程度很低,绝大多数都是文盲,他们关心的主要是生存问题、温饱问题而不是国家实行什么样的制度的问题,甚至对战争胜败也漠不关心。在甲午战争开始的平壤保卫战中,大清守军的子弹和粮食堆积如山,而进攻的日军粮食和子弹都缺乏,但大清守军被日军攻城的气势给吓住了,弃城而向外突围,把到手的胜仗打成了败仗。这样的情况绝非偶然,在日本占领辽东前后,出现了不少当汉奸的人。而日本呢?明治维新一下子激活了整个日本。日本思想家福泽谕吉所著《西洋事情》一书,日本人几乎人手一册,奉若神明。日本教育采用先进的西方教材,日本民间掀起了学西方科技办实业的热潮。后来在日本旅行的梁启超对日本年轻人踊跃参军、日本人渴望国家强大的激情感到震撼。

剖析甲午战争所带来的历史教训，国家意志、政治体制和国民素质是相辅相成、互为因果的关系，是成败的关键因素。如果当时中国有坚强的国家意志，在战局不利的情况下能坚持抗战，不屈不挠，甲午战争就会出现转机。如果当时中国敢于顺应时代潮流，革新政治制度，那么日本就不敢轻易挑起事端。如果当时中国的整体国民素质比较高，中国在海战、陆战就不会败得那么惨，战争的结果就存在变数。因此今天我们要以史为鉴，抓好这些关键因素来推进中华民族的伟大复兴，绝不能让甲午战争的悲剧重演。

国家意志要坚如磐石，不可撼动。二十世纪中国的独立和民族的解放是世界上最影响深远政治事件之一。目前，我国正处于变富变强的历史节点，这既是千载难逢的历史机遇，又不可避免地遭遇守成大国遏制打压的严峻挑战，处理不好会伤及国家的核心利益。我们一定要牢记甲午战争所带来的教训，维护国家核心利益的意志丝毫不能动摇，既要坚定不移地走和平发展道路，又要坚定不移地推动国家统一和领土完整，要运用中国智慧避免"修昔底德陷阱"。如今的中国要思想深邃，魅力十足，在国际舞台上游刃有余，以真诚友善和共同发展的理念在世界上广交朋友，化干戈为玉帛，与此同时，也要柔中带刚，全国上下一心，对可能发生的战争做战略部署和准备。

政治体制要扬长避短，取长补短。新中国成立七十年特别是改革开放四十多年的实践证明了以中国共产党为领导核心的政治体制的优越性。以为人民服务为根本宗旨的政治体制能为人民干大事、干成事，能坚定有效地应对国内外可能发生的各种危机和挑战，符合中国的基本国情。我们要继续发挥这一政治体制的长处，纠正这一体制的一些不足。近代中国半殖民地半封建社会的状况，加上中华传统文化中的一些糟粕，使不少中国人的素质堪忧，这也是当年甲午战争失败的一个重要因素，梁启超和鲁迅等对此有过深刻的剖析。今天的中国人要和崇洋媚外思想、阿Q的"精神胜利法"彻底告别，既要继承仁人志士、革命先烈的优秀品格，又能与时俱进，树立新形象，提升新素质；要弘扬以爱国主义为核心的民族精神，使国家意识和民族的自尊心流淌在中华民族每个人的血液中。十几亿中国人的力量，就是中国强大的根源所在。要努力使中国精神、中国价值深植人心，传承优秀中国传统文化，汲取世界先进文化，形成新的伟大的中华文化，从而走在世界的前列。中华民族以优秀的素质和昂扬向上的精神风貌屹立于世界民族之林，那么中国永远不会再现甲午之殇。

闲话教育

一

中国人历来重视教育。春秋时期的教育家孔子被后人尊为"大成至圣先师"。古代中国教育孩子的地方叫私塾,私塾教授孩子如何做人,学文化知识。刚上私塾的孩子就开始学一些通俗易懂的蒙学书籍。《千字文》成书于南北朝,此书让孩子在朗朗上口的诵读中懂一些天文、地理、自然、社会、历史等知识。《百家姓》成书于北宋初年,是讲中国人姓氏的。古代中国是宗法社会,家族很重要,姓氏是家族之源。南宋学者王应麟所编的《三字经》易读易懂,道理讲得简明全面,是学习"四书五经"之前的启蒙教材。明代学者程登吉编写的《幼学琼林》内容包罗万象,想使少儿学得更多一些,但其中有不少庸俗无聊的内容。明末清初朱用纯编写的《朱子家训》蛮不错的,是以家庭道德为主的启蒙教材。成书于康乾盛世的《弟子规》比《三字经》更系统地讲解圣人之训,讲解伦理规矩,有些内容至今仍可以借鉴。私塾里教授这些蒙学经典后,再深入的教学就是学"四书五经"和诸子百家的文章,以及历代儒学大家传承和发展儒学经典的文章。私塾里的先生通过阐释来传道、授业、解惑。这种中国古代教育有一大优点和一大缺点。

私塾教育的优点是文史哲结合,知识面宽广,既教育如何做人做事又传授文化知识,对人的人文素养的提高大有裨益。缺点是私塾的老师大都是儒者,不懂得也不可能教授科技知识以及一些实用技能。

为什么古代的学校——私塾——不教授科技知识和实用技能呢?那是因为古代中国人送孩子上学的目的不是以后当工匠而是当官,没钱去私塾读书的孩子才去做学徒当工匠,有钱去私塾读书的孩子要去考秀才、举人、状元,谋得一官半职将来好光宗耀祖。科举考试不考自然科学,私塾就失去了教授自然科学的动力。在中国古代科技知识是登不上大雅之堂的。古希腊的科技大家在当时备受重视,而中国的张衡、祖冲之在世时不被推崇,万里长城和故宫的总设计师、总工程师甚至不被人所知。中国古代的教育以文史哲经典为主,而西方的学院教育教授社会科学,更多的是自然科学,有数学、物理、化学,还有音乐、美术、体育等,这样的教育体制是着眼于人的全面发展,对科技文化知识的传承与发展极为重要,这才有了牛顿、爱迪生和爱因斯坦等一大批科技英才,这才引导世界进入工业文明,这才使西方的洋枪洋炮打败了东方的马刀长矛。

历史的经验证明,教育强推动国力强。目前,我国以教育立国的氛围还不够浓厚,学习型的社会尚未形成,九年制义务教育的水平在不同地区参差不齐。大城市与中小城市、城市与乡镇、乡镇与农村的教育资源占有存在较大差距,教育平等的问题、教育水平上新台阶的问题都有待解决。如何做到国力强与教育强相辅相成,如何通过学习型社会的建立来提高全民素质,这是我国新时代面临的新课题。

二

　　教育的首要任务是教做人。人来到世界上,欲做好事必先做好人。德是学校重要的课程,人无德不立,今天的贪官和电信诈骗犯大都是高学历高智商的人,但缺德行。对孩子德的教育,需要社会、学校、家庭齐抓共管。社会有良好的风尚,人们一身正气,清正廉明,讲信修睦,孩子们看在眼里,学在心里。学校有好的校风,老师品格高洁,对孩子的言行循循善诱,德育课程从不偏废,对孩子的行为扶正祛邪,这样能培养出好的青少年。

　　家庭是幼儿和青少年学习如何做人的第一课堂,对孩子德的教育至关重要。有少数家长会教唆孩子去贪便宜,有的甚至让孩子去偷盗、去碰瓷,这样的家庭是将孩子往火坑里推。还有许多期望孩子健康成长的家庭在孩子的德育教育上也不得法。有这样一个小故事:数年前我的邻居是一个幸福的三口之家,妈妈贤惠而又怜爱女儿,经常看见她把打扮得花枝招展的女儿搂在怀里,怎么亲也亲不够。突然有一天她破天荒地打了女儿一个耳光,女儿的脸上留下了红红的手指印,而被打的缘由竟是孩子在幼儿园被别的孩子打了不还手。她含着眼泪瞪着眼睛对孩子说:"你怎么这么懦弱呀? 你要勇敢坚强,你不要先打别人,但是别人打你你必须还手,否则别人将会骑到你的脖子上拉屎。"这是一件家庭教育孩子的普通小事,却折射出有关孩子德育的两个问题。其一,教育孩子做什么样的人的问题。大多数家庭教育孩子不做坏人,但与人相处时不能吃亏,这样教育出来的孩子干什么事都是明哲保身,容易自私自利。孩子的妈妈应当教育女儿,别人打你,你要严词制止并报告老师批评他的行为,不能纵容这样的行为;和小朋友相处要讲团结友爱,互相学习,互相帮助,要反对和制止不文明的打人、骂人行为。其二,家长要从幼儿园起教育孩子行为端正。打人的孩子行为不端,家长有责任,在幼儿园就打人,到中小学就有可能参与校园暴力,将来就可能违法犯罪。个别家长不要因孩子在学校里强势而窃喜,把自己的快乐建立在别人的痛苦之上是不道德的,不道德的人生是失败的人生。家庭教育要有一个高的起点,要教育孩子做一个有理想信念,有高尚品格,有文化修养,有规范行为的人,这是德育的根基。

社会、学校和家庭在对孩子德的教育问题上要讲清楚、说明白。社会要充满正能量,宣扬社会主义核心价值观要讲具体。比如讲爱国时就要讲透为什么要爱国,怎么做才是爱国,哪些表现不是爱国。讲法治时就要讲为什么要遵纪守法,要点出青少年中存在的不遵纪守法的种种现象,不能干哪些事,为什么不能干,干了会有什么后果,要使青少年懂得遵守法律。学校要成为一个道德大讲堂,老师行为端正,为人师表,学生团结友爱,努力学习。从幼儿园到各级学校都要向学生讲清楚、说明白什么事该做,什么事不该做。家庭也要向孩子讲清楚必须遵守的规矩,要尊重长辈,自己的事情要自己做,改正自身的一些坏习惯。

在德育上,社会、学校和家庭要三位一体,形成合力。德育要注重正人先正己。社会要打击不良风气。社会上盛行的花钱办事、请客送礼使孩子心理上容忍了行贿受贿的行为,而屡有发生的恃强凌弱行为,也使孩子有了坏榜样,致使校园欺凌行为不绝。学校老师接受了家长送来的钱物致使老师的道德形象矮了一截。学校以分数为标准评三好学生,如何激励孩子做好事呢? 一个家庭夫妻离心离德,怎么对孩子进行爱的教育呢?

三

中国的崛起要以智立天下,以智立天下需要智育教育走在全球的前列。

要在全社会形成浓厚的学习氛围,从国家到家庭要把教育作为最重要的投资。随着知识量的不断增长,大中小学的智育课程要适应时代的需求,中国一代一代的年轻人不能落伍,这就需要大家不断挖掘青少年的智力和潜力。人的大脑潜力巨大,有能力的家庭要大力挖掘,整个社会、每个家庭都重视智育,就能使中国人才如潮,给社会注入无穷的活力。

要创办世界一流的中国大学。我国的教育还存在一些问题,中小学教育不均衡的问题依然存在,大学教育亟待改变面貌。偌大的中国鲜有在世界上叫得响的大学,中国清华、北大、科大、复旦等顶尖名校的优秀学子希望到英美等国的一流大学进修以图进一步发展。中国大学的数量已经不少,但许多是名不副实、水平低下、教师能力平平,培养出来的学生有不少是滥竽充数者。改变中国高等教育落后的面貌刻不容缓。中国的名牌大学要努力向世界名牌大学看齐,要面向世界聘请高水平的科学家和学者来担任研究生导师,并建立科研中心,实现基础科研和实验科研的齐头并进。

智育要适应社会需求推陈出新。为什么改革开放以来,我国青少年中一批批顶尖英才选择到发达国家求学然后就业?我国政府要进行这方面的调查研究和顶层设计,要创建世界一流的各种研学中心,让中国的英才回当,成为实现"中国梦"的一分子。为什么现在中国有众多的研究生和大学生毕业待岗,而许多企业却感觉难以找到合适的人才?一些企业的科研部门较难找到有创新能力的研究人员,较难找到可以培养成工匠的人。我认识一位模具工厂的老板,他每年都到当地职业技术学院学机械制造专业的学生中挑选技术工人却很少成功,只得高薪从别的工厂挖人。这个现象说明,我国多年不变的学校教育有和社会需求脱节的现象。过去计划经济年代,甭管学什么专业,只要上过大中专学校就可以当国家干部,可以在国有企业当技术员,从此就有了铁饭碗,学什么、学好学坏一回事。而今,你在学校学习一定要选好专业,并且学深学透,这样你才能获得理想的工作岗位。你要通过百里挑一的公务员考试才能当上公务员,你要学好企业经营管理才能办公司、当老板,你要有扎实的专业知识、通过笔试和面试才能到中小学校当老师,你要有一定的专业技术水平并在实践中刻苦磨炼才能成为企业的技术能手。社会需要呼唤学校教育的改革与创新。职业教育可以学习德国的经验,培育高水平的工匠来满足"世界工厂"的需求。

四

互联网对教育来说是一把双刃剑,要因势利导,扶正祛邪,使互联网教育发挥其正面影响。

要直面互联网给教育带来的机遇和挑战。近年来,随着互联网的不断发展和完善,各种新的知识和信息呈爆炸式增长并迅速传播。一根头发丝细的光纤,能在不到一秒钟将《不列颠百科全书》的全部内容从地球一端传到另一端。互联网是一个高水平的课外老师,我们的教育一定要深入研究如何运用好互联网教育的优越之处,为学生的学习成长提供能量和动力。这是互联网给教育带来的机遇。挑战是互联网里的内容良莠不齐,一些不好的信息和游戏有可能使幼儿和青少年沉沦。一些网站公开宣扬色情,严重影响青少年的健康成长。一些网络游戏中编排以"黑帮""江湖""教父"为题材的打杀抢骗,无形中是在教唆犯罪。一些内容虽不是很坏的电脑游戏却可能使青少年上瘾,从而毁掉他的一生。这正是一些家长和学校对孩子使用电脑畏首畏尾、谈虎色变的原因。

在知识爆炸的互联网时代,中小学教育要与互联网教育实现有效的衔接。如何通过不是堵而是疏的方式,让青少年进入互联网的新天地,在更广阔的知识大海里畅游？中小学校要向学生传授知识,更要传授学习和掌握知识的方法,通过互联网对学校学习的内容进行消化巩固,对知识进行深入拓展和研习,这是一种特别好的方法。比如语文老师教学生一篇课文,可以先让学生在电脑中搜集相关资料,学完一篇课文后,可以让学生在电脑中自学一些类似的文章,加强对知识点的巩固,举一反三,融会贯通。是的,让孩子上网的确存在风险,要正面告知孩子电脑中存在的糟粕,明确列举,指明其危害性,要明确告诉孩子哪些网站可以上,哪些网站不能上,提前打好思想的预防针,增强孩子的思想免疫力。要用明辨是非的手,放飞孩子思维的风筝,飞向高远未知的天空。

是的,互联网对青少年的危害可能让你防不胜防,电脑游戏毁了青少年大好前程的例子亦不胜枚举。青少年使用电脑要有家长和老师的指导,让互联网主要用于学习各种知识,用于激发创新意识,用于对良好的兴趣爱好进行探索和钻研。现在不少中小学校在尝试用电脑辅助教学,可以生产中小学生专用的电脑来与此相呼应。当然学生电脑的知识点与课本相比应当是呈几何级数地增加和丰富,这样学生的自学就有了一番新天地,与知识爆炸的现状就相契合了。

五

教育是塑造人的灵魂的艺术。要通过教育使人的灵魂充满正气与良知,充满求知的渴望,充满对社会和家庭的内在责任感,有剑胆琴心。

教育要柔中寓刚,慈严结合。人生来是柔的,是血肉之躯,渴望爱与被爱,有人爱的人才是快乐的人。鲁迅说过:"无情未必真豪杰,怜子如何不丈夫。"对子孙的怜爱是人类的天性和应有的情怀,当你捧着刚出生的孩子那粉嘟嘟的身体时,一腔柔情喷薄而出。长辈对孩子的关心和怜爱,会在孩子的心中播下爱的种子,会给孩子留下终生难忘的温馨。然而光是柔与慈是不行的,毕竟温室里的花朵生命力不强,要及早让孩子经风雨、见世面,自己的事情自己做,自己的问题自己解决。在孩子上幼儿园以后,就要对孩子有柔有刚,有慈有严。爱不能让孩子只在糖水里泡大，爱不能纵容孩子的缺点和失当，这样会容易造成孩子以自我为中心，为所欲为，骄纵不堪，形成"惯子不孝，肥田收瘪稻"。教育孩子要柔中寓刚，在关爱的同时坚定地以规矩成方圆，不打半点折扣。

教育孩子要慈严结合，让慈与严水乳交融，慈中有严，严中有慈。出于对孩子高度负责的严也是一种慈，慈中寄托对孩子健康成长的内在要求也是一种严。

教育要有所为，有所不为。树木要因材施用，人也要因材施教。人的天赋和潜能各不相同，兴趣爱好也各不相同。教育要光大天赋，发掘潜能，使每一个人都能天生我材必有用。你学习书本的知识能力强，你就在这方面下功夫。你学习书本知识的能力一般，但你可能有音乐方面的天赋，体育方面的爱好，手工制作上的兴趣，你就可以在自己的强项上多下些功夫。是否上课外的各种培训班要尊重孩子的意愿，强扭的瓜不甜，对孩子有天赋和兴趣的科目，要尽力培养，让其成为人生的一个闪光点。这里要特别指出的是，要让孩子从幼年或少年起，至少爱好一项或数项体育科目，因为生命在于运动。

教育要使人具备终身学习的价值取向。学校教育是教育的基础环节，人还要在生活中学习，在工作中学习。一个有理想、有道德、有文化的人会终生不断学习，不断进步，许多这样的人的集合就形成了国家和民族的脊梁。古人说："吾日三省吾身。""省"就是自我教育，自我学习，自我更新，自我修身养性。教育关乎每一个人的素质，进而关乎民族素质和国家未来。

生命充满阳光，阳光源自教育，教育孕育未来，未来充满希望。

机关悟道

一

区县党政机关干部除少数带"长"字的,都是干具体事的小吏,但在老百姓眼里是令人羡慕的"公家人",其形象关乎党和政府的形象,切切不可随意待之。

一个人脸色红润、精神焕发,其实是他健康的表现。老百姓看党政机关干部的形象不看外表,专看他的德和行,决定党政机关干部在老百姓眼中形象的是其内功。这样的内功需要多年练就的内在力量。

内功之一:既有原则性又有灵活性。有坚定的理想和信念,在政治上的含糊摇摆会导致精神上的魂飞魄散,要立志清白做人,严以用权,严于律己。不要碰触底线,不该说的话不说,不可以拿的钱物不拿。人民群众对官员们的贪得无厌最鄙视。你小贪小占,别人从心里看不起你,你占了便宜过后有可能会悔恨终生。你要走得正坐得正,但你不能显得浑身都是马克思主义的大道理,做群众工作要会讲老百姓听得懂、信得过的话,讲心里话、大实话,以心换心,这样工作上的一些难题会迎刃而解。当然你在社会上不必做孤家寡人,亲戚朋友可以互致小礼,关键在于礼尚往来和礼轻情意重。

内功之二:既讲政治又讲业务。做具体业务工作的党政机关工作人员也要讲政治,要学习中国特色社会主义理论,学习和贯彻党和国家的路线、方针、政策,在开展业务工作时要有政治上的敏锐性,这样才能居高临下,把握全盘。与此同时,对业务工作要钻研,力争当行家,大致掌握不行,似懂非懂不行,要说起来如数家珍,有深入的思考和独到的见解,这样干起来才会有板有眼,得心应手。

内功之三:既讲团队合作又讲个人努力。要自觉地把自己摆在团队中某一适当的位置上。要学习和锻炼自己逐步具备沟通上下、团结左右的智慧和本领。你的上级不一定很强,但你不要不服气,人们在工作中有不同的思路和意见是正常的,在一般情况下,你要服从上级和多数人的意志。要既坚持原则又在非原则问题上退一步,让一步。要学会互换角色,多角度看问题,要培养控制情绪的自制力。团队合作恰如划龙舟,大家要随着鼓点一起用劲,不随鼓点用劲或用力过猛反而使船体不稳,影响前进的速度。团队的合作恰如打攻坚战,有时需要个人冲锋陷阵,这时你要敢于担当,敢于释放自身最大的能量,要有解决问题的激情和能力。

好的内功能展示出好的形象,好的形象就会有好的口碑,你不断地锻炼内功,就能在工作中如鱼得水,把自身不断推向新的境界。

二

改革开放以来,区县党政工作以经济建设为中心,以发展为第一要务。而区县的经济发展离不开招商引资,因此,区县党政机关工作人员也要学习招商引资的本领。

区县党政机关工作人员大多是"万金油"式的干部,什么都懂一些,什么都不全懂。在招商引资工作中也是这样,因而存在一些不良状态:其一,井底之蛙。以为自己懂得经济工作和招商,以自己的水平一定能够招来商,于是听到风就是雨,对方说"有兴趣可以来看看",就以为已经马到成功了。结果老板来了一批又一批却一个也没落成。其二,叶公好龙。对招商引资工作踌躇满志,充满憧憬,认为是展示自己才能的好机会,于是报名参加赴南方城市招商引资的小分队。到了那个城市后去郊区乡镇联系有扩大生产意向的厂家,却经常吃闭门羹,偶尔有几个老板愿意来看看,却只是走马观花,实则是不花钱的旅游。几个月下来,光开花不结果,于是叹息招商难,难于上青天。其三,东施效颦。照搬一些发达地区的招商思路于本地,建设模具产业园、电器产业园和光伏产业园等,但建成后企业入驻不多,使政府的借贷建设资金没能用在刀刃上。其四,好大喜功。一听说将有大项目入驻就想很快落实,有时甚至要求企业把要来投资的项目说大一点,说玄乎一点,以便获取政府优惠政策之外的再优惠。比如广东某小企业精心设了个局,把自己描绘为大的企业集团,以将分期在滁州投资二亿多元为幌子,骗取政府无偿提供几十亩黄金地段的土地和无偿建设上万平方米的厂房,结果造成了上千万元的经济损失。招商引资工作其实是一个专业性很强的工作,不可大轰大嗡,全员参与只能闹个人场。外地企业要自己拿钱到你这个地方投资,肯定要综合考察资金、市场、人才、环境、成本等诸多因素,特别是有没有配套好的产业链。招商时要把脉准确,既要以心换心,又要注意强扭的瓜不甜,不可一厢情愿。招央企和大的企业集团,要抓住其战略布局这个要害,了解其内在需求,换位思考提建议。党政机关要将招商工作交给在这些方面内行的强将精兵,探索招商的规律和办法,积累招商的经验和教训,使招商工作持续并富有成效地进行。

三

机关工作人员要具备务虚和务实两种本领。务虚是能说会道,会写材料。公务员考试的一个科目叫申论,就是写材料,写材料能反映一个人的综合思维能力,这是机关工作人员的基本功。务实就是要有在纷繁复杂的工作中发现问题、分析问题和解决问题的能力,从能说会道到务实求是是工作能力质的飞跃。几年前,我在区人大工作时有一个三下蔬菜村的经历,说明了务实求是的重要性。第一次我带几位同志到郊区一个蔬菜村走访群众,座谈会上到会的村民一致反映村庄供电不足,农户买的空调因电力不足而不制冷。当时我们就要求在场的村干部立即帮助村民解决这个老大难问题。不料,第二次到这个村回访,村民又反映电的问题根本没解决。我们找了村支书,村支书说两次和电力管理所谈了这件事,他们不理睬。于是我们转道到了电力管理所,电力管理所反映这个蔬菜村有不少农户多年偷电灌溉菜地,屡禁不止,因电力损失,致使他们的年终奖少了许多。电力管理所表示,如果村里能赔偿电力损失,这个问题就可迎刃而解。于是我们要求村干部去和电力管理所好好协商解决这个问题。第三次又到了这个村,了解到问题还是没有解决,村支部和村委会反映,村民偷电问题应当由派出所来办。于是我们转道要求街道党委解决这个村支部软弱涣散的问题。基层党组织要敢于担当、扶正祛邪,有能力、有毅力去解决难点问题,不久这个问题解决了。我们一行走访的同志也开了会,检讨自身解决群众难点问题的不足之处,到基层走访解决群众反映的问题是务实,但光有务实不够,还要找出解决问题的办法和措施,这就是求是。

四

机关工作人员不仅要对涉及本职工作的政策法规了如指掌,还要通过学习和实践练就洞悉可能违反相关政策法规的火眼金睛,这样才不至于"歪嘴和尚念歪经",才能把事做好,把实事做实。社会上对低保工作中存在的不公现象议论纷纷,但到街道社区检查低保工作,查看每一户的上报材料,从内容到程序几乎都找不到毛病,公示后群众似乎也没有不同意见。那么群众反映的"不公"是空穴来风、子虚乌有吗? 那问题出在哪里呢? 针对出在上报材料上的问题,区民政局低保科的同志进行三个方面的入户调查:一是上报的老人是否有子女赡养,其子女有无能力赡养。经查,一些"关系户"露出水面,这些老人本人虽不能养活自己,但其子女有赡养能力。二是与街道社区干部沾亲带故的上报户的情况是否真实。经查,查出了少数社区干部弄虚作假的问题,有的还很严重。三是三十多岁至四十多岁的为何在上报户里。这些人正值劳动年龄,为什么不打工? 经查,其中许多人是懒惰,不愿工作,怎么能让这样能劳动却又不劳动的人领取低保?

五

群众工作是机关工作的一个重要方面。做群众工作板着面孔,张口闭口大道理是行不通的,一味地迁就也是办不成事的。做群众工作要做到刚柔并济,诚信则灵。"刚"就是有原则性,底线不可动,有占着理的自信;"柔"就是在不违反原则的前提下有灵活性,能圆润融通,游刃有余;"诚信"就是能真正换位思考,站在对方的角度,充分考虑对方的意见和利益。做群众工作是党政机关工作人员的基本功,是在深入基层、深入群众的实践中磨炼出来的。

几年前参与滁州市老城拆迁工作时遇到一个难缠户,他家被拆迁的三间小屋航拍图上没有,按规定不能算在拆迁面积之内。他不服气,说邻居家的三层小楼只比他家早盖一年,也没房产证,为啥他家能算而我家不能算?什么航拍不航拍那是政府的事,不能一碗水端平就不行。如何做这一户工作呢?我们一方面告诉被拆户,以航拍图为准的原则不可动摇;一方面又把拆迁政策用足用活,让他家被拆的140平方米能得到三套房,满足了他和其一儿一女都能得到一套小户房的诉求。我们既坚守底线又诚心为其服务,最终达成了拆迁协议。

六

机关工作人员要学习说话,讲究说话的艺术。

你工作很努力,但你说话不谨慎,就等于作茧自缚。某君与他人合不来，就有意散布他人流言蜚语，他影响团结的心结就越结越重；某君本无恶意，但口无遮拦，传播一些同事甚至是领导的小道消息，别人知道此事后，对其明显不信任，而领导的不信任使其丧失升迁的机会；一些同志在会议上发言，不是想着讲，而是抢着讲，结果讲话的根据不真实，思路不清晰，大家则会根据其说话的水平，认为其工作水平不高。

机关工作人员要学会说话。其一，说话要心正。不以个人好恶评价别人，要出于公心，对和自己合不来的同事也讲公道话，将心比心，以心换心，长此以往，自然能赢得团结和尊重。其二，说话要心诚。对上级与同事有不同意见时要谈心交心，说话时掏心掏肺，讲清讲透，同时遵守诺言，说到做到，以诚信赢得别人的信任。其三，说话要审慎。不要讲大话、空话，不要随意拍胸脯。谋划要周密，行事要缜密，工作要扎实，干得好后再去说也不迟。其四，说话要讲究艺术。不要传播小道消息，就算酒后也要慎言，言多必失；对会议上的发言要做充分准备，深思熟虑，思路要清晰、新颖，要在实事求是的基础上深入探索，给人以启示。

七

一个机关单位有无风清气正的政治生态，机关主要领导是关键。如果主要领导喜欢搞权钱交易，就会有人逢年过节送钱送物以达到自身目的；如果主要领导喜欢搞小圈子，就会有人投其所好，打小报告；如果主要领导公正无私，以工作业绩论英雄，这个单位一定能够形成积极向上、努力工作的良好局面。

每一个党政机关工作人员的内心都想被提拔重用,这种想法是正常的、无可厚非的,问题是用怎样的方法和途径去赢得提拔任用。机关里有一句流传很久的话,叫"七分人事,三分工作",意思是,要想提拔必须跟上线、跟上人。这其实是旧官场的一套。我在任琅琊区委常委办公室主任期间,为抵制这一旧官场上的风气,在区委办公室全体人员的会议上提出:"只要努力工作就会得到认可,干好干不好工作是你的事,你干好工作却不能被提拔任用是我的事。"我这么说也这么干。一些下属和我个人关系并不近,但只要工作努力、尽职尽责,我就尽力提拔任用。这么做的效果也是明显的,我几乎不讲遵守工作纪律的问题,但大家上班都比我早,工作任务来了主动加班加点、毫无怨言,区委办成了工作气氛最宽松、工作人员得到提拔任用最多的单位。

八

一棵桃树要想结出又大又甜的桃子,必须剪好枝,剪掉不需要的枝干,保留有效的枝干,否则桃树的枝叶太多了,会和桃子争营养,桃子会又少又不甜。机关单位的工作也是这样,不要让一些不重要的事务占据工作舞台,否则眉毛胡子一把抓,会很难看的。一言以蔽之,机关工作要抓主要矛盾,抓工作重点。与此同时,要学会剪枝,把复杂的事情搞简单,不要把简单的事情搞复杂。把复杂的事情搞简单,说起来容易做起来难,有些单位领导放不下工作上的一些老套路,喜欢花拳绣腿,喜欢繁文缛节,喜欢程序化的东西,搞得工作人员天天加班加点。还有些领导因为单位相对清闲、事情不多，就想方设法制造一些工作，不停地搞一些工作上的新花样，这样大家都忙得不亦乐乎，年终总结就有东西可写了。

把简单的事情搞复杂的最主要原因还是上级对下级工作的考核事无巨细，面面俱到，逼着有关单位注重形式主义，在写机关各种文字材料上下功夫，在收集各方面的资料上下功夫。有一个获得各种表彰的社区居委会，方方面面的资料成千上万，能堆半间屋，墙上挂的各项制度里三层外三层。难道真能从材料里看出好坏，看出业绩吗？

在机关工作中，如何把好钢用在刀刃上，如何把主要精力用在做好本职工作并开拓创新上是一个长期的课题，这既需要好的顶层设计——上级准确简明的工作要求，又需要下级工作单位凝心聚力抓好本职工作。这又要归结到大家经常讲的四个字：实事求是。

真 与 假

看央视节目《是真的吗》感觉很有趣,真与假往往扑朔迷离,差之毫厘。细想一下,真与假不正是古往今来人类的永恒话题吗?无论是某长某总还是市井百姓,人们都面红耳赤地争辩谁是谁非,谁真谁假,公说公有理,婆说婆有理,甚至这种争辩有时会到真刀真枪的地步。难怪《红楼梦》把"假作真时真亦假"作为开篇的名言呢,真与假值得说道和把玩。

真是什么?真是客观存在,有美好也有丑恶甚至有残酷。我们居住的地球存在了亿万年,过去地球上的生物不是现在的样子。6500万年前,地球的平原和森林地带生活着众多叫恐龙的动物,最长的超过50米。也许是外来天体撞击地球,导致大规模的火山爆发,引发了地球生态灾难,恐龙一下子灭绝了。恐龙的存在有众多化石为证,是真的。而现在影视节目里的恐龙生活场景,是假设的,是人类的猜想。而人类自身的历史又是权力的争斗史,既英雄辈出又血泪斑斑。春秋战国时期,百家争鸣,出现了老子、孔子、庄子、孟子等大家,但黄河、长江流域连年征战,民不聊生。文明的诞生饱含苦难。三国时期是英雄辈出的年代,诸葛亮、周瑜、曹操、司马懿等堪称千古风流人物。然而三国时期也是老百姓的苦难年代,人口锐减。后人只津津乐道于三国故事,还有谁能记起那饿死的累累白骨?

假是什么？假是主观存在，是人的谋略。假是真的影子，有真才有假。人类有时需要作假，作起假来时往往以假乱真。人要达到自己的人生目标，有时需要作假。春秋战国时期，越国被吴国打败，越王勾践便给吴王夫差当奴仆，以表示真心归顺。勾践回国后卧薪尝胆，励精图治，反过来打败了吴国。吴国因上当而灭亡，夫差也因此而死。三国初期，曹操看见刘备在菜园里种菜，心存疑虑，便邀刘备煮酒论英雄，直言当今天下称得上英雄的，只有你与我。刘备听闻此言，吓得手中筷子掉在地上，谎称天上的雷声太吓人了。曹操心想连雷声都怕的人怎么可能是英雄呢。刘备当时寄人篱下，不具备与曹操对抗的实力，便巧妙地隐藏了自己的意图和志向。有雄才大略的人作假可以理解，以满足个人私欲为目的的作假则太可恶了。北宋宰相蔡京要借大兴土木之机贪污聚财，便以丰亨豫大之说，动引周官"惟王不会"为词，蛊惑徽宗，广建宫室，扩建万岁山数十里，耗尽了国财和民力，使北宋王朝风雨飘摇，危在旦夕。今天一些地方的政绩工程和这个有点像，许多官员热衷于造新城，既有面子，能创造经济发展的硕果，又有里子，玩转工程承包有满满的个人利益。

真中有假，盖棺定论的人物，往往也有假。唐太宗李世民当属君王表率。贞观年间，在政治上从谏如流，知人善任，至公无私选官吏；经济上去奢省兵，轻徭薄赋，体察民苦；法制上发布《贞观律》，形成上下守法的良好局面，为盛唐的到来打下坚实的基础。然而说李世民是一代明君却有明显的瑕疵。李世民是通过玄武门之变，杀了亲兄弟李建成、李元吉，胁迫父亲李渊而上位的。

假中有真，没有确切记载的远古传说蕴藏着真。中国夏朝之前的历史大多是传说。传说从黄帝开始。传说黄帝的母亲在野外遇到雷雨天，看见闪电正绕着北斗七星中的天枢星，就感到怀孕，生下黄帝。准确地说，黄帝形象的根据，是父系氏族社会晚期部落联盟的一个酋长。那个时代，私有制应运而生，中国大地各原始部落之间，为权力展开文与武的争斗，文明的太阳，正伴随着人文理念的萌芽和血腥的暴力争斗冉冉升起。后代的人们，把许多发明，如指南车、历法、兵器、弩机等都归于黄帝。

有时亲眼所见的真是假的。人们说眼见为实，耳听为虚，这不见得。我就有被别人认作"鬼"的故事。那年我16岁，在农村插队，那天中午庄上有个之前还活蹦乱跳的三十多岁的农妇突然死去了。庄上人惊恐万分，没一个人敢在晚上去守护位于狗头山上的已经成熟的花生地。庄子的几个年轻人调侃我："你不是不怕鬼吗？今晚你敢去狗头山吗？"我没有应答，晚上却悄悄一个人提着一杆铁叉，带上席子和棉被去守护花生地，直到黎明时分，才披上棉被回到了庄子。结果第二天上午参加队里锄地时，就听到大家议论早上有浑身发白的"鬼"从狗头山上飘下来，这是一些早起拾粪的孩子亲眼所见的。我哈哈大笑，说那个"鬼"就是我，但不管我怎么说，大家都不相信。

有时用事实来说明的观点也有和事情本来面目不一样的。从20世纪80年代开始，我就在基层党委机关从事文字工作，经常给一些单位写典型材料。先苦思冥想构思出写作提纲，拟出先进经验若干条，然后深入干群去调查研究，把寻找到的事实加入材料中去，使整个材料有理有据，丰满起来。但这样总结出来的先进经验是不扎实的，因为只拣好的写，容易造成经验不是干出来的，而是写出来的。真实的情况是典型单位确实有许多值得学习借鉴的地方,但绝不像典型材料里讲的那么完美,拔高了就不真实了。我写的一些乡镇文明建设的材料上了国家和省里的大会,我却心知肚明这些材料以部分代替全部,是化了妆的美丽。

板上钉钉的铁证也有可能是假的。因为有些铁证是人为制造和主观判断出来的。明朝的一大冤案是袁崇焕谋叛案,起因是被俘的太监逃回后告知崇祯皇帝,亲耳听到袁崇焕与后金有密约,崇祯据此将袁崇焕凌迟处死。殊不知这是皇太极的反间计。清朝重修《明史》时,乾隆皇帝下诏为袁崇焕平反。《清高宗实录》记载:"袁崇焕督师蓟辽,虽与我朝为难,但尚能忠于所事,彼时主暗政昏,不能罄其忱悃,以致身罹重辟,深可悯恻。"袁崇焕的奸细之名终被平反。历史上以莫须有而定罪的案例有很多。

以假当真,可能使人们信以为真。这方面典型的案例是秦末的陈胜吴广起义。前209年,去渔阳戍边的900余名农民,在大泽乡因暴雨无法前行,按秦律这些人都要被斩首。这900余人中的陈胜、吴广两人决心反了。他们用计在买回来的一条鱼腹中藏了一张帛书,帛书上写着"陈胜王"三个字。夜里这群人围着篝火取暖,听到远处的狐狸叫声中有"大楚兴,陈胜王"。陈胜、吴广利用百姓对天命的迷信,便成功组织他们举起了反抗的旗帜。

不管真有多么复杂多么难求,人类还是要不懈地探索真、追求真。我们要追求什么样的真呢?

追求符合客观规律的真。人类从未停止过探寻真、发现真的脚步。成书于春秋之前的《周易》是前人努力探索宇宙的真谛,认为世界万物是变化发展的,其变化的基本要素是阴阳两仪,两仪生四象,四象生八卦,八卦又分为六十四卦,人们要通过六十四卦的演变来说明宇宙万物。19世纪末诞生的马克思主义,在批判总结前人政治哲学成果的基础上,阐明了辩证唯物主义和历史唯物主义,揭示了自然界和人类社会发展的客观规律,为人类的解放指明了道路。我们要将马克思主义理论同我国的国情结合,同我国的文化结合,走有中国特色的社会主义道路。这就是今天我们追求的真。这个真符合大自然和人类社会的客观规律。

追求有善、美的真。人是智慧动物、有道德规范的动物,不是所有真的东西都要追求。比如动物中强者称王的规律运用于人类虽然管用但不道德,这不是人类要追求的真。我们要追求有善、美的真,真、善、美是优化组合,我们要为绝大多数人的根本利益去奋斗、去奉献。大禹治水的精神、方志敏的精神、焦裕禄的精神充满着正气,充满真、善、美。国家和人民的利益高于一切,这才是大写的真。

追求用人心天平检验的真。是不是真,人们心中有杆秤,你说得天花乱坠,你说得天衣无缝,但人们不买这个账,你就不是真。人们才不管你说了什么,而是要看你干了什么。慎独很重要,言行一致很重要,人民当家做主更重要。

追求与时俱进的真。对真理的追求永远在路上。改革开放四十多年来中国跟上了时代的脚步,走上了一条奋起直追的大道,这源于我们对真理的认识和追求。在不断的创新中,实践是检验真理的唯一标准。我们坚持制度创新,不断深化经济政治体制改革,我们全力弯道超车,正视与发达国家在科教领域内多年存在的差距,不断地追赶,以防别人卡我们的脖子。我们把老百姓的事当头等大事一件件抓好，使更多的人民脱贫致富。真是人民的向往，真是前进的旗帜，真是在不断奋进的征程中。

以人为本之本

　　和街坊天南海北地聊天,经常谈到热门话题——以人为本。许多人说为老百姓干实事、干好事就是以人为本。这话是大白话、大实话。但思索并揣摩,却觉得还缺点什么,这令我想到历史上的一些事。唐贞观年间,李世民以隋亡为戒,鼓励官员为国事犯颜直谏,广纳贤言,择善而从,实现了政通人和,百废俱兴;在用人上,"至公无私""择贤才而用之",做到知人善任,人尽其才;在经济发展上,完善均田制,"去奢省民,轻徭薄赋",使百姓安居乐业,民生改善。李世民算是老百姓交口称赞的一位好皇帝。其实,历史上即便是昏君当政时,在出现病疫灾害时也进行赈灾,发现贪官也杀头。李世民的作为是以人为本吗? 从表象上是,但从根本上看不是。因为君王们干一切事情的目的都是为了巩固家天下的统治。古代思想家孟子早就说过:"民为贵,社稷次之,君为轻。"但君王们对此一笑置之。封建社会纲常伦理始终是君为臣纲,臣为民纲,君臣为刀俎,百姓是鱼肉。家天下是一个家族及其附庸集团的天下,以君为本,君臣是父母官,人民是儿孙,被主宰,被恩赐,被驱使,只能为末,何以为本? 让你当牛作马然后给点黄豆吃,让你流血流汗后下跪时赏点钱财,这不是以人为本,谁当家做主谁才是本。人民当家做主是以人为本。

　　以人为本的根本是人民当家做主,那么实现人民当家做主的路径是什么？那就是贯彻国家的一切权力属于人民的宪法精神，实行好人民代表大会制度。笔者有过在基层人大常委会工作数年的经历，知晓人民代表大会制度，即使在基层，其从形式上和程序上也是被落实的，有的还是一丝不苟地落实的；而在通过人民代表大会落实人民当家做主方面，还需要拓展和深入。一是人民的选择要尊重。人民要以主人翁的姿态来选择人大代表，候选代表要和选民群众面对面地沟通，公开自身的信息，向他们做出承诺，然后让选民郑重地投上神圣的一票。选好的人大代表要定期到群众中去，听取并反映他们的意见和呼声。目前，选民负责任地选举人大代表和人大代表向选民负责两个方面都做得不够。二是人民的意志要体现。从笔者参加人民代表大会的体验来看，不少人大代表对"一府两院"的工作了解不多，也没听取群众的意见，因而在发言中，溢美之词多，中肯意见少。例如，"三公"费用过高的问题，人大应落实人民的意愿，果断做出决定，要求政府限期解决并向社会公布。三是人民的监督要到位。人大对"一府两院"的监督是国家权力的行使，是人民当家做主的行为。人大对经济和社会发展的重大工作要参与和监督，对发展成果如何具体惠及广大人民群众的工作要参与和监督，对人民群众正当诉求的落实工作要参与和监督，对维护社会公平正义和维护司法公正的工作要参与和监督，对财政收支的细致审查要参与和监督。总之，尊重人民的选择、体现人民的意志、行使人民的监督就是落实以人为本之本，就是健全和完善人民代表大会制度，就是实现比较彻底的民主。

民以食为天

　　"民以食为天"这句话是中国几千年历史上曾经存在的成千上万饥饿生命的内心呐喊。电影《一九四二》所展示的饿殍千里的场景在历朝历代大都真实地演绎过。记得几十年前中国人见面的问候语是"吃过了吗",因为那时吃没吃是天大的事,比"你好""早安""晚安"要紧得多。改革开放以来,随着经济的发展,食品也逐渐丰富,温饱问题基本解决了,寻常百姓的餐桌上也摆上了鸡鱼肉蛋奶。然而食的问题却以危及人体健康的形式接踵而来。且不说媒体披露的"苏丹红""地沟油""瘦肉精""三聚氰胺牛奶",菜市场上经常出现的农药超标蔬菜、染色馒头、毒油条等问题,就连一些大品牌也存在质量问题。本来,朴实农家生产的食品应该是安全的,可一位农民朋友酒后坦言:自己吃的是不会卖的,卖的自己是不会吃的。自家吃的稻子是不上化肥不打农药的,自家吃的鸡、鹅、猪是不吃配方饲料不打防疫针的;而卖的粮食都是化肥催的、农药保的,卖出的蔬菜也全靠化肥、农药,就连水生的茭瓜、芦蒿也靠生长激素来增加产量。难怪一些大机关建自己的食品生产基地,一些富翁斥巨资建生态农庄,看来绿色生态食品只是广告里的说辞,现实中难寻觅。

　　何以有那么多的食品安全问题呢? 主要原因是一个"利"字。食品的生产经营者和其他人一样,有追求利益最大化的天然冲动,怎么有利怎么干，为了利润，就敢冒犯法的风险。大小饭店为啥用地沟油，只因地沟油的价格是正牌食用油的十分之一，光这项就省不少钱；为啥用苏丹红，那可以使食品好看，利于销售，而全然不顾其可怕的致癌性；为啥用甜蜜素，那是因为其价格低且甜度是蔗糖的几十倍，而全然不顾其对人肝脏和神经系统的危害。放养土鸡也要讲经济，小鸡半大前先吃带生长激素的配方饲料，然后再放到山上散养，你看它在山上跑来跑去就认为这鸡土得掉渣，便出高价买。食品安全问题多还因为监管不力。食品安全方面的法律法规不少，但食品生产经营者总是从自身的利益出发去踩红线、越红线，因为他们确信食品安全执法机关及其工作人员是可以拉拢和买通的，金钱是制胜法宝，可以换来貌似公正的倾向性保护，可以吃小亏占大便宜。如此这般，在执法机关和执法工作人员的眼皮子下，食品安全问题层出不穷，似乎有法难治众之势，中央电视台曝光的一个又一个食品企业是实证。

如今食品丰富何以还讲民以食为天呢？那是因为食品中层出不穷的问题已经严重影响到中国人民的身体素质，进而影响子孙后代的健康成长，到了非解决不可的时候了。要解决这个问题，一要健全、完善食品安全方面的制度设计，要健全、完善食品安全监管的法规体系，明确各有关部门的职责，避免互相推诿，明确监督机制和责任追究机制。要建立健全食品安全标准体系，积极与国际食品安全标准体系接轨；建立食品安全检测体系和食品供应链追踪体系，建立食品安全信息发布机制。二要切实把食品安全监管工作落到实处。民以食为天，那么以民为本的国家机关要把食品安全当作天大的事来抓，要对食品生产经营企业实行严格的准入制度，严格的全程监管，严格的处罚标准,严格的责任追究,出了问题,处罚企业的同时,对监管部门及其工作人员也要严厉处理。当今千万家农户是食品生产经营的主力军,要推行食品生产经营的标准化,减少化肥、农药以及含有激素的配方饲料的使用,杜绝使用瘦肉精之类的有毒物品。要从源头抓起,关闭不合格的农资工厂,农资经营机构不得供应毒性强的农药,生产激素超标的饲料。三要倡导健康的食品生产方式和食品食用方式。中国作为食品大国应当有一大批可以比肩国外同行的绿色生态食品生产经营企业,其品质人民放心,蜚声海外。

干事业之忌

干事业是党政干部的成事之基。然而，不少人在干事业上却心浮气躁，急功近利，为功名所累而画饼充饥，沉湎于虚假的喜悦之中。此类虚功是干事业之大忌，有四种表现：一是好大喜功。其表现为自命不凡，舍我其谁，志在必得，喜大手笔、跨越式、超常规，不屑想困难，懒得做小事。某君到某山乡任党委书记伊始，用依葫芦画瓢的方式，学江浙经验提出"工业强乡，商业活乡，农林富乡"的思路，采用先干后完善的做法，平整千亩山林做工业园区，结果两年下来，只有一个本乡人在此处占十亩地办了家复合肥料厂。尽管为办起工业园区，乡干部们白加黑、五加二地苦干，工业强乡的愿望还只停留在到处可见的标语和条幅中。二是夜郎自大。曾因奋斗而有过绽放的时光，被评上国家级和省级的先进，不自觉地自我放大，颇有傲视群雄的感觉，习惯在小圈子里比，习惯于纵比，而忽略了横比，只见琅琊秀，不见泰山雄。某村支书是个"老先进"，完成上级任务从不含糊，处理复杂矛盾纠纷游刃有余，村集体经济盈余数百万元，村部置办的小轿车比乡里的还要好，村会议室的墙上挂满奖牌，难免有点志得意满飘飘然。不久前他到江苏华西村和浙江滕头村去走马观花，人家工厂的气魄，人家的农民广场，人家的现代农业园，使他傻了眼。三是叶公好龙。为干好某项工作，制订了有战略眼光的发展规划，拟定了环环相扣的工作措施，说起来一套又一套,可在干的时候遇到了拦路虎便不知所措,甚而落荒而逃。某招商局负责人去浙江某地招商,在招商恳谈会上充分展示了风采,讲优惠政策如数家珍,许诺小的污染可以变通解决,许诺能解决劳动用工和企业产业链问题,许诺对入招企业提供如同"端洗脚水""系鞋带"般的全程服务。浙江某企业应招入园后,找他来帮助招收一百名技术工人和解决车间的难题时,他热情招待了来客后,就以还需赴外地招商为由退避三舍了。后来这家企业除了盖几幢厂房外并没有真的上项目。四是舞文弄墨。深谙机关工作要领,在写材料上下功夫,在软件上下功夫,靠材料对上表述政绩,对下部署工作,靠材料的高屋建瓴、字斟句酌、画龙点睛来赢得上级的赞许和下级的佩服,左右逢源。为了完成招商引资任务,实际投资几百万元的项目被编造成投资几千万元;工作上有了一丁点业绩,可以妙笔生花写出做法若干条、经验若干条,成为先进典型;上级来检查某项工作时,靠精心准备的汇报材料,便获取一个好的名次。长此以往,对这样的纸上功夫心照不宣,习以为常,危害何其大!

其实,做虚功的官员们心知肚明,那些已记入功劳簿的成绩掺了太多的水分。他们摊开双手说,这么做是不得已而为之,因为在位谋政压力大,一级向一级要政绩,一级向一级要数字,一级向一级要典型,完成不了只能以虚招应对。因为看别人都那么做,而且做得得心应手、天衣无缝,那就随潮流吧。另外,为官一任谁不想功成名就? 政绩是人生追求也是晋升资本,既然耍一耍也能达到目的,那何乐而不为呢? 看来,医治为官者干事业靠虚功的痼疾,要在其思想深处开刀动大手术。要有一整套实事求是并行之有效的政绩考核制度和办法并切实推行,让耍虚功的人不再有市场,让真正干事业的人扬眉吐气、展现风采。要倡导真抓实干的风气,像革命战争年代那样真刀真枪地干事业,要加强各级为官者的职业道德修养,让他们自尊自爱,求真务实,勤业敬业,不负重托。要在全社会形成真抓实干的社会氛围,铲除虚功存在的土壤和条件。

你实干了吗？

"真抓实干"早已是党政干部的口头禅了，但扪心自问"你实干了吗"，又有多少人能给出肯定的回答呢？世人知道，有不少人的实干掺了假，兑了水：其一，摆出一副实干的样子，其实是在学京剧的武斗，招式到位却是些花拳绣腿。对上级工作部署反应敏捷，迅即以会议贯彻会议，以文件落实文件，以检查迎接检查。会议的表态慷慨激昂，文件的措施坚决有力，检查后软件材料的补缺立竿见影。然而真要落到实处时却是雷声大、雨点小，隔空喊话，隔靴搔痒，以致纸上谈兵，议而不决，决而不行，行而无果。其二，饱食终日，无所用心，做一天和尚撞一天钟，反正拿着国家的工资，捧上了"铁饭碗"，比上不足，比下有余，升迁无望，那就数算盘珠吧，拨哪到哪。干事前先评估一下是否合算，是否有风险，是否会打不着狐狸惹一身骚。这样的人自己懒得做事，却喜欢对别人做事评头论足，自以为分析透彻、切中要害，你要说他不实干，他还会吹胡子瞪眼。其三，三分工作，七分人事。每天都显得很忙，心事重得很，但并不是想如何干好工作，而是把主要精力用在如何得到领导的好评又能得到同事的支持上。对领导的一言一行悉心琢磨投其所好，笑容可掬地和同级、下级掏心掏肺，此种人在工作上不当出头鸟，省得干得越多，矛盾越多，问题越多。这种人往往不显山不露水，却能水到渠成，平步青云。其四，下决心运用自身的魅力和能力干一番事业来建功立业,却竭力去缩短到达彼岸的里程。工作上有了新的开拓和创新,就急于让媒体报道,并挖空心思向领导汇报成绩。一旦领导有了赞许的话,就找秀才帮着理出工作思路的承上启下、做法的周到有力、经验的深刻独到。而对东拼西凑的一堆"光辉",常常浮想联翩,似乎跃上了登天的青云。

在实现中国梦的征途中,实干是民族复兴的动力,对那些口称实干,实则虚干、假干的人要大喝一声:"你实干了吗?"

"你实干了吗?"实干是尽职尽责,真下功夫干。对事业要全身心投入,全神贯注地干,倾注心血地干。江苏华西村成了社会主义新农村的一面旗帜是数十年不断拉高标杆奋斗的结果。华西村书记吴仁宝几十年担任同一职务,几十年如一日带领村党委一班人和全体村民勇敢地走在同时代人的前列,幸福美满的生活是几十年苦干实干的结晶。是的,有了"千淘万漉虽辛苦,吹尽狂沙始到金"的实干,才能达到"晴空一鹤排云上,便引诗情到碧霄"的美妙境界。

"你实干了吗?"这是对你人生观、价值观的叩问。作为党政干部,不能精神萎靡不振,做事拖拉,混过一天是一天,仅仅把工作作为谋生的手段;不能搞形式主义、文牍主义,在工作上华而不实,假、大、空、套;不能在工作中想得太多太杂,骨子里只为了功名利禄,以致这山望着那山高。作为党政干部一定要有为实现理想和追求而不懈努力的激情。当千万个人为事业奋斗的涓涓细流汇成江河之时,就是实现中华民族伟大复兴的希望之日。

"你实干了吗?"你必须用整个工作经历来回答。实干者要牢记"溪水哗哗,江海却无声",不能陶醉于曾经的辉煌,那只是一时一事,如果把芝麻说成西瓜那就是人格的问题了。实干者不能沉迷于吃香喝辣,轻松快活赛神仙,要有像巴尔扎克所说的"我粉碎了每一个障碍"那样的勇气和毅力,敢于迎接挑战,攻坚克难,善于处理纷繁复杂的矛盾,不怕履薄冰,不怕临深渊,泰山崩于前而色不变。实干者要像老子所说的"千里之行,始于足下",一步一个脚印走千里万里之途,走向成功的彼岸。实干者要像诸葛亮那样,既有真知灼见又能付诸行动,鞠躬尽瘁,死而后已;要像保尔·柯察金那样,当回忆往事的时候,不因虚度年华而悔恨,不因碌碌无为而羞耻。

圆梦须知忧

汉唐以来,中国曾作为世界上最强盛的国家,独领风骚一千余年。而随着西方工业革命和以人的自由平等解放为目标的文明的兴起,近代中国因固步自封而陷入经济科技落后、民生凋敝、饱受欺凌的境地。而今,改革开放,解放思想和融入全球化给中国发展注入了巨大的活力,中国步入全面发展的快车道,使人们看到了实现中华民族伟大复兴的中国梦的曙光。然而,圆梦不是闭上眼睛的遐想和憧憬,而是长期的、实干的系统工程。这个工程的基石之一就是知忧,即要有因清醒和富有远见而形成的忧患意识。

知忧的最基本要求是基于实事求是的自知之明,当然这个自知之明是站在历史、现实与未来的高度和广度来审视的,是放在整个世界范围内来透视、比较的。缺乏自知之明来自两类原因:一类是坐井观天,产生盲目乐观的情绪。是的,中国的经济总量已上升到世界第二位,但算到每个人身上还比较低。是的,近年来"可上九天揽月,可下五洋捉鳖",在航天、探海上中国取得了骄人的成绩,但总体上我国科技水平还是落后于发达国家,这是不争的现实。另一类是夸大成绩,淡化问题。这种人揣着明白装糊涂,名利思想作祟,靠形象工程显示政绩,靠拼凑数字来完成上级任务,至于一个个棘手的问题嘛,就当泥瓦匠——抹平吧。

知忧的目的是知耻而后勇。知忧不仅是知道问题，更重要的是能够解决问题。几十年来的发展奠定了实现中国梦的基础，但困难和问题也横在我们面前。我们要发挥举国体制的优势，冲刺到同时代人的前列。因粗放发展带来的环境污染问题严重，食品安全问题也层出不穷，那就通过立法和执法，依法治理。权力寻租、贪污腐化多出自党政机关和国有企事业单位，那就铁面无私地根治，向社会公开并接受社会监督。

知忧的深层次要求是深化改革，提高民族意识，形成推动民族复兴的内在动力。近代日本明治维新后成为世界强国，那是因为它不仅学习西方技术，而且学习了西方先进的政治体制。而同期的清朝只进行器物上的洋务运动，最终成为被凌辱的对象。由此可见，政治体制在国家兴亡方面的重要作用。我们要深化政治体制改革，使各级领导机构讲求民主法制，高效运转，亲民廉洁，形成优于西方体制的政治体制。此外中华民族意识的提高也是至关重要的，中国人要凝心聚力，万众一心，用我们的血肉筑成振兴中华的新的长城，人人为中华民族的伟大复兴去奋斗，这样亿万条涓涓细流就能汇成澎湃的江河，到达理想的彼岸。

以规矩成方圆

两千多年前,孟子所说的"不以规矩,不能成方圆",早已成了妇孺皆知的名言。是的,规和矩是木工常用的工具,规画圆,矩画方,以规矩当然能成方圆。然而,中国的事特别怪,一旦把规矩和人联系在一起,把规矩作为规范人的法规、规则、制度时就成不了方圆了。过去,"刑不上大夫"是规矩扭曲的根源。现在,在法律和制度面前人人平等,为何还有不少"规矩不能成方圆"之事呢? 究其根源还是人本身的原因。其一,明里按规矩办,暗里不按规矩办。每年春节之前,从中央到地方,层层发文强调党政部门不能乱发钱物,不能收受礼品和有价证券。然而私下里人们(包括在大会小会上厉声强调的各级干部)却叹息这个规矩难执行。一年到头了尽点心意,盛情难却,也是人之常情。其二,上有政策,下有对策,踩着红线走,绕着规矩行。多年来明文规定不能用公款旅游。怎么办? 中国人的变通能力太强,那就在旅游线路上找一个对口单位,安排半天时间进行学习考察,说不定还能喝一顿好酒,打一次牙祭,回去后弄一篇考察报告,此行便名正言顺,心安理得。其三,把规矩当手电筒,专门照别人,不照自己。作为单位负责人,单位用车个人全包了,周末还常用公车送一家人走亲访友,钓鱼打牌,而别的同志工作用车也不行。其四,用甲规矩去改变乙规矩。每年招待费不超过一定金额是规矩,重大事情由领导班子集体决定也是规矩。某单位公款招待费超过规定了,领导班子就开会议,决定虚开房屋维修费来充抵。诸如此类情况还远不止上述四种,规矩怎么方圆得起来呀!

怎样才能以规矩成方圆呢?规矩要具备"刚性",执规必严,违规必究。规矩要有现代管理学上讲的"热炉法则",规矩是正在燃烧的通红火炉,具有警告性,警告你不能去碰,它会将人灼伤;具有必惩性,只要你碰它,一定被灼伤;具有即时性,碰上火炉,立即灼伤;具有公平性,不管谁碰都会被灼伤。规矩要铁面无私,杜绝层出不穷、花样翻新的变通,杜绝钻入缝隙、躲避处罚,杜绝下不为例,具有不可撼动的权威性和约束力。关于公款吃喝、公费旅游和公车私用问题的规定年年强调,却始终没能解决,关键是没有动真格。只要把关于"三公"规矩的炉子烧得通红,处罚有实招,谁碰谁灼伤,人们就不会去碰它,顽疾就能根治了。

如何让以规矩成方圆成为人们的自觉行为呢?要让规矩在具备"刚性"的同时还要具备"人性";要进一步落实在规矩面前人人平等,逐步减少特权,"桃李不言,下自成蹊",领导带了头,下面自会跟着走;规矩要以人为本,注重公众特别是弱势群体的权益;规矩要从实际出发,符合干群对公正的认知,比如必要的工作接待要实行低标准的工作餐制,允许单位春节时发放规定价位的年终奖和慰问品。规矩作为热炉,要给不碰它的人们以温暖。当规矩成为绝大多数人所认可的公理时,全社会就会逐步形成恪守规矩的文化氛围,形成浩然正气,以规矩成方圆就在人心中了。

两个文明相辅相成

　　物质文明建设和精神文明建设是建设有中国特色社会主义的关键。古人云"仓廪实而知礼节"，这便朴素地指出了两个文明之间的辩证关系。两个文明建设互为目的，互为条件，相互促进，相辅相成。

　　在两个文明建设中，物质文明建设是基础，起主导作用。从历史上看，一般来说，人类文明的发展进程是由物质文明建设，即由生产力水平决定的。当人类的农业生产有剩余时，人类进入封建社会，同时产生了与之相适应的文化道德。我国盛唐时空前的经济繁荣带来了经济文化的对外开放，带来了文化艺术的五彩缤纷。欧洲中世纪末期资本主义萌芽的出现引发了文艺复兴运动。恩格斯在他的名著《家庭、私有制和国家的起源》中，肯定了摩尔根对史前文化的分期：蒙昧时代是以获取现成的天然产物为主的时期；野蛮时代是学会畜牧和农耕的时期；文明时代是学会对天然产物进一步加工的时期，是真正的工业和艺术的时期。从史实和恩格斯的论述中可以看出，物质文明决定精神文明，生产力决定生产关系。

　　在两个文明建设中，精神文明建设对物质文明建设具有重要的能动作用。历史上，我国封建社会延续时间为世界之最，这与汉武帝采取董仲舒的意见"罢黜百家，独尊儒术"，以"四书五经"为主要经典的孔孟之道在思想文化领域占据统治地位有相当大的关系。欧洲中世纪罗马教廷对社会的思想禁锢，大大阻碍了经济和科技的发展。在第二次世界大战中经济遭到严重破坏的西德，战后经济能够迅速恢复起来，与整个社会对生产经营和劳动技能的热忱、崇拜，与整个社会对干事创业要精益求精的风尚，与他们把发展职业教育、专业技术教育作为教育事业的重中之重的战略眼光有关。

基于物质文明建设在两个文明建设中的主导地位，我们在把握两个文明建设之间的关系时，要以搞好物质文明建设为基础，即以经济建设为中心，把经济建设搞上去，更好地满足人民日益增长的美好生活需要。精神文明建设要围绕经济建设这个中心，为经济建设和经济体制改革服务，要立足发展经济，培养人民积极进取的生活态度、奋发有为的工作态度、文明健康的生活方式，为经济建设提供更好的精神动力和智力支持。比如，过去批判"劳心者治人"，现在则要强调重视知识和人才，重视经营管理，重视脑力劳动，努力把科学技术转化为新的生产力。

运用精神文明建设对物质文明建设具有重要能动作用的原理，我们要大力促进精神文明建设，推动两个文明建设协调发展。我们应当看到，在经济改革和对外开放浪潮中，难免泥沙俱下，沉渣泛起。《中共中央关于经济体制改革的决定》指出："越是搞活经济、搞活企业，就越要注意抵制资本主义思想的侵蚀，越要注意克服那种利用职权谋取私利的腐败现象，克服一切严重损害国家和消费者利益的行为，就越要加强党风党纪的建设，维护和健全党内健康的、正确的政治生活。"总之，在以经济建设为中心，大力推进改革开放的同时，要高度重视精神文明建设，否则两个文明建设就会失去平衡，从而导致精神文明建设的缺失进而拖住物质文明建设前进的脚步,就会受到历史与现实无情的嘲弄。